T0329434

Tori Shweet for Cameroon Pidgin English

Peter Wuteh Vakunta

Langaa Research & Publishing CIG
Mankon, Bamenda

Publisher

Langaa RPCIG
Langaa Research & Publishing Common Initiative Group
P.O. Box 902 Mankon
Bamenda
North West Region
Cameroon
Langaagrp@gmail.com
www.langaa-rpcig.net

Distributed in and outside N. America by African Books Collective
orders@africanbookscollective.com
www.africanbookscollective.com

ISBN: 9956-762-31-8

DISCLAIMER
All views expressed in this publication are those of the author and do
not necessarily reflect the views of Langaa RPCIG.

Dedication

To the Vakunta clan at home and in the diaspora

Table of Contents

Acknowledgement

My deep gratitude goes to Paul-Kouega whose seminal work on Cameroon Pidgin English (CPE) titled *A Dictionary of Cameroon Pidgin English Usage, Pronunciation, Grammar and Vocabulary* (2008) came in handy during the crafting of a glossary for this book. I am intellectually indebted to custodians of oral traditions in the village of Bamunka, especially my beloved mother of blessed memory, Nah Monica Mbiayuh, story-teller par excellence, who narrated some of the tales included in this anthology to me in the glowing light of the evening fire during my tender years. I am also thankful to those literati who share my firm conviction that Cameroonian orature is on the verge of extinction and needs salvaging through the written word.

Preface

Tori Shweet for Cameroon Pidgin English is a compendium of short stories written in Cameroonian creole, commonly called Cameroon Pidgin English (CPE). The grassfields of Cameroon serve as the nursery of these stories. The collection comprises animal trickster tales, bird survival tales and human-interest stories. In conformity with stendhalien philosophy, this anthology of short stories is a mirror that reflects the folklore and mores of the ethnic groups that constitute the grassland region of Cameroon. It serves as a window to the worldview, mindset and value systems of the grafi.

Each story is an entity sufficient onto itself woven around a specific didactic theme. The stories deal with the diachronic and the synchronic; they create an anchor that links yesterday to today and today to tomorrow. These stories bridge the gap between the near and the far. In determining the order of presentation of the stories, the author has intentionally steered clear of chronology. Many readers will want to turn first to a story the title of which intrigues them the most. Whether you read the stories in the order in which they are presented or dart about as your fancy dictates, you will appreciate the narrative verve of this storyteller and sense the abundance of enjoyment that this book holds in store for you.

The didactic value of this book resides in its suitability to all age brackets. Elementary and High School students will cherish the narrative novelty that the book harbors. College and university students with an interest in African history and anthropology would find the collection invaluable. The uniqueness of this volume lies in its universal appeal— it delves into contemporaneous local and global issues— chemical dependency, AIDS pandemic, gun violence, moral crisis, culture of impunity, xenophobia, police brutality, bribery and corruption, abuse of power and more. More importantly, a few of the stories call into question the rationale behind certain time-honored African customs and traditions, namely rites of passage, arranged marriages, serial monogamy and sorcery.

The crafting of this book was motivated by the author's keen interest in the preservation of indigenous literatures. It is his fervent hope that the publication of this book would meet this objective. We hope that *Tori Shweet for Cameroon Pidgin English* will be placed where the whole family can enjoy its contents; where guests can turn to it without let or hindrance.

Chapter 1
Megan Man

Tando no bi sabi wich kaina haus wey yi dong enta taim wey yi bi join Tonnerre Kalara Club. Da tim bi dong bit kain bai kain tim dem bot dis mach wey dem go ple'am dis taim na manawa foseka sey Tonnerre bi get fo ple na wit Indomitable Lions Club fo da lig tonamen. Atanga, coach fo Tonnerre Kalara Club, no bi na man wey yu fit joke wit yi. Yi no bi wan hia somtin say yi pleya dem dong los mach.

"Massa, tumoro na da dey! Wi mos win dis mach! Da min sey wuna no mos mek foolish, wuna mos wok laik jakas, an wuna no mos fia no man! Wuna dong yia no? Indomitable Lions no bi leh-leh tim. Dem bat!"

Atanga no bi di luk yi som man taim wey yi di tok fo yi ndamba boy dem. Yi daso kip yi big nos fo up; an put yi tu han dem wey tattoo fullup deh fo yi wes.

"Dis nait wi go silip na fo beri- grong fo Ngoketunjia. Mek som man no tosh jobajo o pump briz. Mek wuna no chop swain. Wuman las na no go! If wuna do ol dis ting dem wey I dong tok, wi go win, evin if na weti."

Taim wey Atanga di tori na so yi ai dem di pas pas onda yi luking glas of reading. Yi di luk hau wey yi ndamba boy dem di ya da tori. No man no kof bot Atanga bi fi si sey wori deh. Ol yi elevin ndamba boy dem bi na daso sukulu pikin dem.

"Coach, wai yi bi sey wi go silip na fo beri-grong tude?" Na Ngwane bi as da queshon.

"Wi gret-gret gran papa dem bi tok sey weti? Sey yu no fi go fo fait waa wey yu no tek gun. So, dis nait, wi go beg wi gret-gret gran papa dem sey mek dem helep wi mek wi knak wi enemi," No so Atanga bi ansa.

"Coach, ma god no gring da kain ting," Na so Tando bi ansa bak.

"Weti yu min? Na wich god yu min?"

"Coach, I bi na Roman Katolik an wi choch no gring sey mek wi preya fo eni oda kain god."

"Da wan min sey weti, hein? Da tori min sey weti nau? Sey yu no go kam fo beri-grong?

"Hmmm, no coach. Ma papa an mami dem go kil mi if dem yia sey I dong do dis kain ting."

Atanga drag yi babia fo het sotai lef simol mek dem fol fo grong an den yi bait yi mop fo hid yi vex. Bot yi sikin bi di shek laik lif fo coco. Simol taim, yi open yi mop den shaut fo yi damba boy dem het.

"Wuna open wuna ear dem wun yia mi fain! Dis taim no bi taim fo joke! I no wan yia som nonsense agen! Wuna dong yia? Mek som man no open yi mop sey ngwing fo hia! Dis nait ol man di silip na fo beri-grong fo Ngoketunjia! I no bisham if yua god go vex o yi no go vex. Wi get mach fo win'am an wi go win'am!"

If Atanga dong tok, wu fit tok agen? Yi dong tok na yi tok, tori finis. Yi ndamba boy dem bi sabi sey taim wey coach dong put yi foot fo grong, man no mos open mop. Ol dem bi di go na fo Choch of Christ di King bot da nait dem jos lok mop.

Taim wey nait dong fol, Atanga draiv tati mail wit ol yi elevin ndamba boy dem go fo Ngoketunjia Beri-Grong. No man no open mop sotai coach rich da beri-grong. Da nait, ples be di blak laik weti. Taim wey dem rich da ples, som ul pa wey dong rich eti yie old, salut dem taim wey dem di commot fo insai moto.

"Wuna kam gut ma pikin dem. Wuna kam gut for dis ples, kontri fo trong kanda pipo," Na so da ul pa bi salut dem taim wey yi sef dong mof yi feda kap fo yi kongolibon het.

Afta da salut, di ul pa bi trai fo shek dem han bot no ndamba boy no send han. Fia no gring mek dem shek han fo da ul pa.

"Mek wuna no fia. Wuna dey fo popo man yi haus. Mek som man no fia atol," Na so da ul pa bi tok fo da ndamba boy dem. Yi bi di laf som yi wayo laf fo kona yi wuowuo teek taim wey yi di tok.

Atanga bi ton ton ansa som kain ansa wey yi no commot fain. Taim wey da ul pa bi tok sey mek da ndamba boys dem enta fo insaid yi megan haus, na so dem bigin nyati di luk dem kombi dia fes. Dem bigin shek like cocoyam lif taim wey da megan man bi tok sey mek dem enta shidon fo som chia dem fo insaid yi megan haus. Kaori dem bi dey fo ontop da chia dem sait bai sait. Kain bai kain megan ting dem bi fullup fo insai da pa yi megan haus. Het fo baboon bi tanap fo wan sai. Teek fo elefan an finga fo pikin wey yi dong dai bi dey fo oda sai. Kanda fo mboma dey fo som oda sai. Fo som kona, pa bi dong tanap na som pots dem wey dem mekam na wit potopoto. Da pot dem bi di smell laik wandful wit kain bai kain melecin. Fo midru fo da megan haus pa bi tanap tri kalaba dem wey yi dong rob bundu fo dey.

"Wuna wan sey mek I do na weti fo wuna?" Na so da megan man bi asam.

"Pa, dis boy dem go knak som trong trong ndamba tumoro. I wan sey mek yu helep dem mek dem mash da oda tim," Na so Atanga bi tok fo da pa.

"Na weti bi nem for da oda tim wey dem go knak ndamba wit dem?" Na so da pa bi asam fo Atanga.

"Pa, da oda tim dem di kolam sey Indomitable Lion. I beg yu mek yu helep ma boy dem. If yu no helep dem, beta no go bi tumoro."

"Haa, haa! Mek wuna no fia no natin. Ntumbi na ma nem an dis nem min sey Lion! Hau lion fit kil oda lion?"

"I wanda, pa. Helep ma boy dem daso."

"Mek yu no fia yia? I go helep yua boy dem if yu pe mi nkap."

"Na hau mosh nkap yu wan sey mek I pe yu no, pa?"

Pa Ntumbi bi shek yi het tri taim, yi luk insai yi megan pot tu taim bifo yi ansa Atanga.

"Papa fo papa fo ma papa dem tok sey mek yu gi me na Fo hondret thousand CFA franc," Na so pa Ntumbi bi tok fo Atanga.

"Pa, wusai problem dey? I go pe yu Fo hondret thousand CFA franc nau nau," Na so Atanga bi tok taim wey yi di gee da moni fo pa Ntumbi.

"Put'am forkona dis megan pot an den kop yua ai, ma pikin."

Taim wey Atanga dong put da moni daun an den kop yi ai, Pa Ntumbi tek di moni putam fo insai yi megan bag.

"Yu fi open yua ai nau, ma pikin."

Taim wey Atanga bi open yi ai, yi no si nkap agen. Bot yi no bi tok somtin. Yi daso di wet sey mek pa Ntumbi tel yi weti fo do.

"Dis nait, yua boy dem no go silip.Dem go dans *kuobeng* dans. Dem go chop kanda sitik an dem go drink blot," Na so Pa Ntumbi bi tok fo Atanga.

"Pa, na yu sabi. Wi di daso yia fo yu."

Tru tru, da nait, no man no bi kop ai sey na silip yi di silip. Dem bi zhon blot fo baboon; chop intestain fo frog an drink piss fo pussi. Yi no finis so. Dem bi chop bip fo frutambo wey dem no ba kukam. Fo shap shap, Atanga an yi ndamba boy dem commot fo Pa Ntumbi yi megan haus, dem jom insai moto fo go ple ndamba. For insai dem het, dem bi mimba sey dis megan wey dem dong do'am so, bat as yi bat, dem mos mash Indomitable Lion.

Sep so, Indomitable Lion dem bi na simol no bi sik. Dem bi kam leke man pikin! Taim wey ndamba bigin, Tonnerre boy dem knak goal numba wan afta daso faif minit. Dem sikin bigin hot. Dem check sey Pa Ntumbi na popo megan man. Wusai! Ten minit no ba pas, Indomitable Lion knak gol numba wan. Twenti minit pas dem knak gol numba tu! Gol numba tri bifo haf taim! Ha ha! Weti kam hapen? Tonnerre boy dem di wanda. Taim wey dem kam bak fo sekond haf, Indomitable Lion knak gol numba fo an gol numba faif! Refri blo wisel. Gem ova!

"Yu sabi weti mek wi los dis mach?" Na so Tando bi askam fo Ngwane.

"Yes."

"Weti mekam wi los di mach?"

"Because wi bi put wi hart fo megan man wey na feyman."

Chapter 2
Dai Man No Di Fia Beri-Grong

I bi shek laik koko-yam lif taim wey som nyango bi commot fo insai som classrum. Fo insai yi hand I bi si som buk wit nem dem fo dey. Da wuman bi fain taim no dey. Som yi fain fain boubou cloz wey yi bi wiar'am yi mek'am yi fain agen sotai dey laik mami wata. Onli sey yi bi ton ton djim an yi mop bi wuowuo! Taim yi bi di waka kam fo wi kona, I luk yi bobi sotai spit drai fo ma mop. Wi bi dey laik eti somtin pipo fo da ples. Ol man bi dey dey na fo tek ekzam.

"Mola an Nyango dem, wuna gut monin," na so da titi bi throway salute. Yi bi tosh babia fo yi het taim wey yi di salute wi.

"Gut monin ma," Na so wi bi ansa da wuman.

"Ol man mos open yi ear yi yia mi fain fain. Wi go bigin nau nau. Wi go intaviu ol wuna, ani man according tu di sobjek wey yi fit ticham. Wuna dong yia?"

"Yes ma. Wi dong yia fain fain," Na so ol man bi ansa da nyango.

Afta da ansa, no man no bi open yi mop agen. Daso nye. No man no mof fut. Any hau, som tu katika dem bi open dem mop kof sotai dem mop wan bluk. Som oda man snis sotai I mimba sey yi tek na sinof. Da mami luk dem sotai ol man kwet agen. Misef, I check fo ma het sey hein dis nyango na simol no bi sik-o.

"Sori sey som shumbu dem bi kot ma tok. Wi go intaviu eni man fo yi own group. Wi dong put wuna nem dem fo eni domot fo dis haus. Mek eni man waka fain yi own nem yi tanap fo ples wey yi si yi nem. Wuna dong yiar'am fain?

"Yeeesss ma, wi dong yia fain fain." Na so wi bi ansa laik chotchoro dem fo enfans wan sukulu.

"Wi no go kol som man yi nem tu taim. If wi kol yua nem yu no ansa , tori finis! Wi go pas! Wuna di yia ting wey I di tok?"

"Yeeesss ma, wi dong yia popo."

Da mami wan jos finis tok so, som shot man wey yi bi put yi han dem insai yi apaga long trosa put yi han fo up laik sey yi wan as na queshon.

"Yes, wasmata?" Na so nyango bi asam.

"Sori ma, weti wi go do if tu nem dem bi wan an di sem?"

"If tu pipo dem get wan nem, wi go examine dia fes."

"Dat min sey wuna go daso luk dem fes tori finis?"

Taim wey da mola dong tok finis, na so ol man bus laf. Wi laf sotai wata bigin commot fo wi ai. Hau wey wi bi laf plenti so no, da nyango bi ton ton vex koret!

"Lukam massa, yu dong kam fo hia na fo fain wok. If yu mek nonsense I go mof yua nem fo dis buk. Yu fi go chop shit!" Da Nyango bi dong vex bat bekoz tru tru wi bi dey fo insai ofis fo Department of National Education na fo fain wok.

Taim wey nyango bi tok so, ol man fia sotai wan dai. No man no kof agen. Ol wi waka kunya kunya go fo wi rum dem an na so intaviu bigin. I bi dey dey na fo fain wok fo tich Kolege pikin dem French tok. Onli mi and fo oda pipo bi wan tich French. Taim wey tu pipo bi dong finis dia own intaviu, di ofisa kol ma nem. Taim wey I enta fo insai da bik rum, I si fotin buk pipo dem. Dem bi sitdon fo fain fain chia dem. Ol dem bi dey insai agbada. Ol man daso di luk mi. No man no tok. Som wan dem bi wia luking glass fo read buk. Oda wan dem hol long pen dem fo dem han. I check fo ma het sey I dong dai ma own tude. I go pas di intaviu so?

8

"Yua nem na Tewuh Kunta?" Na so chiaman fo da intaviu bi as mi.

"Yeeess, sah. Na mi."

"Wusai yu commot?"

"I commot fo Yakoko, sah."

Dat min sey yu bi kontriman fo Kassa-Kudi?"

"Yes sah, dem bon mi fo Kassa-Kudi.

Taim wey I bi ansa da queshon finis, I daso check fo ma het sey die man no di fia beri- grong. I sey, man no die, man no rotin. Afta ol, I dong tok sey yes. Kam ren kam tonda, ma yes na ma yes!

"Sango, I no mimba sei yu bi na pipo pikin fo Kassa-Kudi," Na so da chiaman bi tok fo mi.

"Hau yu tok so, sah?"

"I tok so foseka sey ol yua satificate dem commot na fo Ngola an yu sey yu bi na pikin fo Kassa-Kudi?"

"Yes, sah. I bi pikin fo Kassa-Kudi, sah."

"Sheekena, tel wi di tori fo yua satificate dem."

"I go sukulu na fo Ngola, sah."

"Na fo dey dem bon yu?"

"Yes, sah."

"Okay. Bot I si sey yua satificate of bon commot na fo Kassa-Kudi. Hau da wan hapin?"

Taim wey di man di tok so yi mof satificate of bon fo som fail wey yi bi dey fo yi fron yi sho mi.

"No bi yua satificate of bon dis?"

"Na ma own, sah."

"So na weti bi hapin?"

"Sah, taim weh I bi kam fo Kassa-Kudi, I sey I mos mek satificate of bon. I check sey if I no mekam som pipo dem go mimba sey I di lai sey I bi pikin fo hia."

"I no mimba sey yu don mof da lai atol."

9

"I no di lai, sah."

"Yua papa an mami commot fo wusai?"

"Dem commot fo Kassa-Kudi,sah."

"Wusai dem dey nau?"

"Fo Ngola, sah."

Taim wey I tok so, ol man dey kwet sotai I fia sey na weti di pas. Da chiaman luk da oda pipo; da pipo luk chiaman bot no man no open yi mop tok somtin. Misef I sidon fo chia bot yi dey laik sey I sidon na fo chuku-chuku. I dey laik sey ol man dong dai fo ma fambro. I di check fo ma het sey, hein, man fit ton ton so go ngata-o! Afta som long long kwet, chiaman open yi own mop yi as mi wan queshon.

"Massa Tewuh, weti bi yua kontri tok?"

"Mumuye, sah."

"Yu di tok Mumuye?"

"Yes, sah. I di tok Mumuye."

Dis mbindi tok "yes" bi do wanda da dey. I check fo ma het sey nau wey I dong open ma mop I tok sey yes, ma yes mos bi ma yes. Sep so, I no bi sabi tok Mumuye atol, atol bekoz I bi na pikin fo Ngola. Ol da tori wey I bi knak'am sey I bi na pikin fo Kassa-Kudi bi na daso allo tok fo get wok. Simol taim, chiaman, tanap fo up yi commot fo outsai. I wan si yi di kam bak wit som mola fo yi bak. I mimba sey yi bi laik twenti-faif yie ul. Da mola bi na som longo longo *jeune talent* wit magida kap fo yi kongolibon het. Yi bi wia na wait boubou.I bi laik som yi blak *papa-j'ai grandi* trosa wey yi bi wiar'am onda yi agbada.

"Massa Tewuh, dis man kam fo Yakoko laik yu. Mek wuna tori fo wuna kontri tok fo ten minit. Wi go daso yia wuna tori."

"No problem, sah."

I bi sabi sey dis wan na do o dai. Na wu di fol fo insai hol wit yi ai open? Man no die man no rotin. I sey mek I trai ma own bifo yi pas mi. Taim wey da mola yi bigin knak yi kontri tok fo mi, misef I di knak ma own Kontri tok fo yi. Afta ol, som man jam kontri tok? Chiaman an oda pipo dem fo da rum dem daso sitdon dem bigin yia da wi lie-lie tori. Dem bi check sey na popo tori; dem no bi sabi sey na daso allo tori. Mi an da mola, wi bi di tok laik mumu dem fo twenti minit! Yi tok wan tin fo yi kontri tok; misef I tok wan tin fo ma own kontri tok. Yi tok tu fo Mumuye; I tok tu fo Meukoh, ma own kontri tok. I no bi get sef taim fo check fo ma het weti I go tok fo da man. I bi daso tok di ting wey yi kam fo ma het. Yes, na so da tori bi hapen. Di tru of di mata bi sey, I no bi wan slow down mek chiaman an yi pipo dem check sey mi I bi na feyman. Som ting dem wey I bi tok fo da man, na wandful! Taim wey I mimba da palava tude na daso laf di do mi. I mimba sey I bi tel da man sey mek yi go *nyoxer yi reme*! Thank Got sey yi no bi yiaram. Cheh! Massa! Palava wok na waa-o!

Tude I di wanda sey weti bi mekam da man no tok fo chiaman sey di ting weh I di tok no bi Mumuye atol. I wanda wai yi sef bi di yia fain fo di tori weh mi an yi bi di knakam. Evin Chiaman an yi pipo dem bi di yi moh fo da tori. No bi na wandaful? Taim wey Chiaman bi luk yi wach, yi krai sey massa wuna lef da tori nau! Wuna dong tok pas taim limit! Yi tank wi tu, an den tok fo da jeune talent sey mek yi go.Den yi ton yi sikin tel mi sey: I rili enjoy wuna tori, massa Tewuh! Da taim, I check fo ma het sey wanda shall never end in dis wold!

"Yu go yia fo wi afta wan wik o tu wik, Massa Tewuh," Na so Chiaman bi tok fo mi.

"Tank yu, sah!" Na so I bi ansa bifo I pik ma kwa commot fo da ples wit run.

Taim wey I di waka fo go fain taksi fo ton bak fo ma long, na so ma het bi fullup wit kain bai kain queshon dem: I fi get dis wok so? Da man fi ton bak go tel Chiaman sey I bi na lie man? If yi ton bak go tok so weti Chiaman an yi pipo dem go do? Yi fi kol *mbere* mek dem put han fo me? Eni hau, afta tu wik Chiaman sen mi long long buk. Insai da buk dem bi tok sey, di gomna of Kassa Kudi dong tok sey I bi French ticha nau. Tank Got!

Chapter 3
Lion Man

Sotai tude, I no sabi ting wey mek pipo fo wi kwata dem di daso kol ma pa sey "Lion Man." Yi popo nem na Joe Kunta bot no man no eva kol yi wit da nem. Hau wey I no bi sabi dis palava, I jus lefam so sotai taim wey I rich tetin yie ul. I no bi evin sabi sef weda ma pa bi laik da nem wey kwata pipo bi gee yi. Sep so, da nem bi dong tait fo yi sikin. Yie by yie, I trai fo si weda somtin dey fo ma pa yi sikin wey yi mekam pipo dem di si yi laik sey yi bi na lion. Lion na nyamfuka wey yi di silip fo bush bot ma pa na man wey yi di silip fo yi own haus. Lion di hala taim wey yi dong vex. Ma pa na gut hat man wey yi di stama taim wey yi di tok. Taim wey yu si lion, yu di wan run daso. Ma pa na man wey ol man laik yi. Lion yi trong taim no dey. Ma pa bi laik… Fo tok tru, I no sabi weda ma pa trong o yi no trong. So no, wan dey pa sey mek I tut yi kwa, mek wi go fo palapala bush. Pa bi dong wia yi *ndikong* cloz fo yi sikin. Yi *shia boloh* bi tanap fo wan kona fo yi het wey babia no dey. Fo yi rait han, pa bi kari yi *kwuoh meunong*, wey yi dong put yi kotlas an *ndeubeuh* fo insait. Sum yi sandal wey dem mekam na wit sikin fo mboma bi dey fo yi fut.

"Papa weti wi di go do fo palapala bush?" Na so I bi as ma pa.

"Lefam so ma pikin. Taim wey wi go rich dey, yu go see'am wit yua own ai."

"Papa, I beg, mek yu jos tel mi nau. Hau man go di go fo sum ples wey yi no sabiam?"

"Pikin, I sey mek yu lefam so. No bi yu sabi say dog wey yi no di hambug plenti ni yi di chop big big bon?"

"Yes pa. I sabi so."

Da palapala bush bi fawe taim no dey. Me an ma pa wi bi waka sotai man wan die fo rod bifo wi rich fo dei. Taim wey wi rich dey, da ples bi dong fullup wit kain by kain pipo dem—simol pikin, big big ngondere dem, ul mami an ul pa dem bi fullup fo da palapala bush. Taim wey ma pa shu yi fes fo da bush na so pipo daso wekop up fo grong quik quik laik sey na ant dong bait dem las kam shek ma pa yi han.

"Heeee, bra Kunta, kam gut! Hau fo yua haus? Na so som shot man wey yi bi wia *ndikong* an saja fo sikin bi salut ma pa.

"Haus dey fain, bra. Hau fo yua own haus?"

"Ma haus dey nkakwe!"

Wi tank God-o, bra."

"An yua pikin dem?"

"Dem dey fain?"

"Yes. Dem silip fain fain."

"Hau fo yua own pikin dem?"

"Ha! Bro! Yu no bi yia sey God bi dong kol di onli boy pikin wey I bi getam? I bi de check sey na da wan go bi ma chop-chia."

"Weh !eh! Sori fo barlok-o! I no bi yiar'am, bra. Sori agen-o."

"Ha, bra. Na God di gi'am; na daso God di tekam."

"Dat wan na tru tok, ma bra."

"Hau fo yua fam. Haves fain?"

"Wi tank God-o, bra. Pikin an mami dem fit chop."

Plenti pipo bi dong bring chop boku— achu, fufu corn an njama-njama sup, kwa-coco, ndole, jolof rais, macabo, kon chaf, kongo mit, yam-fufu, nkwi, dodo, tonin coco, pepe-sup, planti, myiondo an bins. Som oda wan dem bi bring na mimbo— mbuh, kwacha, nkang, afofo, palm-wine an jobabo.

Afta dem dong chop den zhon finis, palapala stat. Da palapala na fait wey di fon fo Peukoh village di do'am yie ba yie fo fain trong man pikin wey yi go maret yi fain wuman pikin. Na yi mek pipo dem di fait sotai dem wan kwench.

"Papa, yu go fait dis palapala fait?" Na so I bi as ma pa.

"Oh yes, ma pikin! Man pikin wey na wuman sidon bonam yi mos fait palapala fait."

"Foseka weti, papa?"

"Ma pikin, yu mos sabi sey fo bi popo man pikin yu mos fait dis palapala fait." Na so ma pa tok fo mi.

Bifo ma papa wan tok finis, som shot man dong run kam tanap fo yi bifo wit *nkeng* lif fo yi han. I mimba sey da man bi di sem age wit ma pa. Yi shu dat lif fo ma pa an den yi tok fo ma pa sey mek yi tos da lif. Da taim ma pa sabi wan taim sey na yi an da man go fait da palapala fait. Na yi weh ma pa tosh da *nkeng* lif. Papa bi dong mof yi *ndikong* fo yi sikin tanap daso wit natin fo yi sikin. No cloz atol. Ma pa bi dong rob castor oya fo ol yi sikin. Da wan na fo mek sey yi sikin go di kelen-kelen taim weh yi di fait da palapala. Fo yi wes, ma pa bi tai plenti talisman dem wey megan man bi dong sow'am insai kanda fo tiga. Ma pa no bi wia yi trosa; daso ngwasi wey yi tai'am fo onda yi tu leg. Pa yi nek bi fullup wit kaori dem.

"Massa Man Troble, so na yu wan tek king pikin?" Na so ma pa bi asam fo da man wey yi na yi go fait di palapala.

"Massa Kunta, so na yu wan tek king pikin?" Na so da Massa Man Troble bi as ma pa.

Man Troble tu bi dong tai yi skin fain fain. Yi bi dong mof ol cloz fo sikin. Yi het bi na kongolibon. Yi tai som big big kanda fo antilop fo yi wes. Yi bi wia som *ngwashi* wey dem mekam na wit rafia fiba. No shus atol fo yi fut. Yi tu han dem bi fullup wit bangle an ring dem wey som megan man bi dong kukam gee yi. Taim weh Fon fo Peukoh pipul bi blo whistle sey mek da palapala stat, I bi si twenti-fo pipo dem wey dem jum insai da sakle wey Fon bi dong draw'am fo grong—di palapala sakle.

Ma pa bi di fes man fo jum insai da sakle. Yi hart di bit laik sey yi dong klaim na Mount Kilimanjaro. Pa bin bi redy fo Massa Man Troble. Pa bi daso kip yi big nos an red ai dem fo up laik sey yi no di si yi enemi. Bot yi bi di si Massa Man Troble fain. I luk ma pa yi big big sholda dem so I chek fo ma het sey pa go daso meng dis man tude. Pa luk yi enemi daret fo yi ai dem an den wan taim, pa krai sey kwifon neutu ndachi! Taim wey pa dong krai so, yi jus jeck da Man Troble fo up knackam fo grong laik haf fayawut sey praaam! Massa Troble fol fo grong laik big baobab sitik weh dem dong kutam wit chen so. Di onli ting wey I bi yia fo da Massa Man Troble yi mop na sey:

"Papa God! Kunta dong kil me-oo!!"

"Wekop kam fait mi agen-swain!" Na so ma pa bi shaut fo Massa Man Troble yi het.

I bi mimba sey di man go wekop kam fait ma pa. Wusai! Di man jus silip fo grong laik haf faywut. Pipo wey dem bi di luk da fait, dem bus fo som big big song.

Lion Man dong do'am agen-ooh!

Ho! Ho! Kunta dong do'am agen-eeeh!

Ho! Ho! Mek Fon put red feda

Fo yi Kunta yi shia boloh-o!

Ho! Ho! Mek Fon Gi yi Wuman pikin-o!

Long lif Kunta-eeeh!

More oya fo yua ebow-oo!

Ho! Ho! Kunta Lion Man-o!

Long lif Lion Man-o! Ho! Ho!

I no bi sabi weti ol dis glat min atol atol. I di wanda sey aha, wasmata? Ma pa dong jus kil som man bot pipo dem di shaut sey Long lif Lion Man! Long lif Kunta! Dis ting pas ma sens. Simol taim, ma pa commot fo dat palapala sakle kam hol ma han. Yi bi di laf simol simol.

"Ma pikin, ma hat di shweet laik honi tude!" Na so ma pa bi tok fo mi.

"Papa, yu dong kil som man. Wai yua hat di shweet?"

"Ma pikin, wan dey yu go sabi wai yua papa bi do di ting wey yi do'am tude."

Taim wey wi dong hol rod fo ton bak fo wi haus, papa tel mi sey fo maret king pikin, man pikin mos sho king sey yi bina popo man pikin.

"Yu mos fait sotai yu kil yua enemi fo sho king sey na yu fit maret yi wuman pikin—vafon."

Chapter 4
Palapala Foseka God

Tewuh no bi fit silip evin smol da nait. Yi soso open yi mop yon, soso open mop yon laik fish. Yi soso ton ton fo yi bamboo bed laik ol dross. Yi smol bed bi dey na fo som smol kona fo dem tu bedrum haus. Dem bi bil da haus na wit sun-drai brik; an dem tai yi het na wit gras. Sef kapet no bi dey. No windo sef. Midru nait bi dong rich bot Tewuh no ba silip atol. Dis wan yi pas yi het. Da palava fo kontri fashion bi dong mek sotai yi no fit silip. Hau yi go fit silip wey yi di soso mimba di tok wey yi papa bi dong tok'am fo yi? Da tori bi di kam bak fo yi het ol di taim:

"Taim wey tu kontri Sonde go pas, mi I go tek yu go fo Ngombu Bush." Na so yi papa bi tok fo Tewuh.

"Papa, weti wi di go do fo Ngombu Bush?" Na so Tewuh bi as yi pa."

"Fo Ngombu Bush, wi gret gran papa dem go bles yu; dem go mek yu bi trong man-pikin. Na so wi on kontri fashon yi dey."

Tewuh bi sabi yi pa fain fain. Yi bi sabi sey taim wey yi pa dong tok somtin, palava dong finis. Di tatin yie-old pikin no bi open yi mop agen tok fo yi pa. Tewuh bi dong jus finis primari sukulu an den yi di wet sey mek yi pa fain sekonderi sukulu put yi fo dey. Na so wey pa fo Tewuh bi check fo yi het sey beta mek yi tai yi hat yi put da yi pikin fo beta sekonderi sukulu laik Sacred Heart Kolege fo Mankon wey dem di tich koret buk. Dis Sacred Heart bi na numba wan sukulu fo di hol kontri. Na daso fada dem an reverend broda dem bi di chicha fo dey. If yu no bi fada o broda, wusai! Yu no fit chich fo dey. As yi bi so no, if yu wan go fo Sacred Heart, yu mos ton bi na Kristen.

Taim weh pa Kunta dong tek Tewuh go fo Sacred Heart Kolege, dem enta fo ofis fo Fada John Philip. Afta salute, Pa Kunta tok fo Fada sey:

"Fada, I beg; mek yu helep mi put dis ma pikin fo dis yua fain fain kolege. Ma pikin laik buk sotai dey laik Satan laik dai bodi."

"Palava no dey. Wi go baptize yua pikin tumoro in di nem of di Fada, of di Son an of di Holy Ghost. Wi go gee Tewuh niu nem. Yi nem go bi na Peter; laik Peter insai Bible." Na so Fada John Philips bi tok fo Pa Kunta.

"Ong! Ong! Gheuh! Gheuh! Da wan no go hapin fo ma ai Fada." No so Pa Kunta bi Tok fo Fada John Philips.

"Weti bi di problem?' Na so Fada John Philips bi as Tewuh yi pa.

"Di problem bi sey wi no di mek preya fo oda pipo dem god."

"Na fo wich kain god wey yu di mek preya?"

"Wi di mek preya fo di god of Ngombu, god of ngombi an god of ngoketunjia."

"An yua pikin yi sef di mek preya fo ol dis god dem?"

"Aha , na wich kain tok dis weh fada di tok so? Papa di chop fo pot; pikin di chop fo oda pot?"

"No wahala. If na so di mata dey, de yu mos tek yua pikin wuna go fo oda ples. Wi no fit tek yua pagan pikin fo dis kolege."

"Na tru tru yu tok, Fada?"

"Tru tru! Dis wan na kolege fo Jesus Christ di Rok an wi di tek daso pikin dem wey dem sabi Jesus."

Ol man bi sabi sey taim wey Fada John Philips dong open yi mop tok somtin, na so yi go bi. Na so ol Scottish pipo dem dey. Dem yes na dem yes an dem no na dem no. Pipo dem bi laik Fada John Philips plenti becoz yi bi di waka fo insai kontri di helep pipo dem wey dem own no dey. Pa Kunta tanap so yi sense los. Yi check fo insai yi het sey if dem no tek yi pikin fo Sacred Heart Kolege, yi no go fit eva lan fain buk. Sef so, Pa Kunta bi denai fo ton yi bak fo di gods fo yi gret gret grand papa and mami dem. Pa Kunta bi sabi if yi lef yi pikin mek yi tek baptis, den yi gret gret gran papa an mami dem go ponis yi. Som taim yi fi die sef. Taim wey pa an pikin dong bigin nia fo dem haus, pa shek yi het tu taim yi tok fo yi pikin sey:

"Ma pikin, I sabi sey yu laik wait man buk taim no dey. Dey no di pass wey I no gif preya fo di gods of ma papa and ma gret gran papa sey mek dem open yua ai dem fo buk."

"Na tru papa." Na so Tewuh bi tok hau wey yi no bi sabi weti fo tok.

"I di tank dem hau wey dem dong mek preya sotai God yi gee mi pikin wey yi laik buk. Bot yu mos go fo kontri fashon sukuku nau bifo yu kam bak go fo sekonderi sukulu. Taim wey yu dong finis fo da kontri fashon sukulu, I go tek yu go fo wait man yi sukulu."

"Papa, na weti bi kontri fashon sukulu?"

"Ma pikin, kontri fashon sukulu na di kain sukulu wey dem di tich yu hau fo bi man, popo man pikin."

"Hmmm, Pa dis kain sukulu so….na wa-o"

"No bi wa-a! Na sukulu wey yi go change yua het; yi go mekam yu go ton bi na trong man pikin!"

"Cheh! Papa. Dis ting pas ma sense-o. Beta mek I no go atol!"

"No go atol hau? Yu no fit mek wayo fo kontri fashon. Barlok go katch you!"

"Na wich kain barlok go katch mi, papa?"

"Ma pikin, mek wi no bigin knak mop plenti. Yu mos go fo kontri fashon sukulu!"

Hau weh Pa Kunta bi dong tok so, Tewuh lok yi mop. Fo wi kontri fashon, pikin no di knak mop wit yi papa o yi mama. No wan dey!

"Papa, na fo wusai da kontri fashon sukuku dey?"

"Ma pikin, kontri fashon sukuku dey na fo blak bush."

"Fo blak bush!"

"Yes, na fo dey wey da sukulu dey"

Tewuh swolo spit ten taim bifo yi as oda queshon.

"Na wu bi chicha fo da sukulu pa?"

"Ma pikin, no check sey dis kontri fashon sukulu dey laik mukala sukulu."

"No?"

"No, ma pikin."

"Na hau da sukulu dey, papa?"

"Kontri fashon na som big ples wey dem dong chapiar'am fo insai blak bush."

"Wu chapiar'am papa?"

"Pipo fo dis wi own kwata, na dem chapiar'am."

"Wit weti?"

"Wit kotlas, ma pikin."

"Hmmm, fo insai da blak bush so na weti pipo de do fo dey?"

"Na trong trong secret ma pikin. Yu mos go dey bifo yu sabi."

"Papa, evin yu no fit tel mi?"

"No, ma pikin. Apas sey yu wan kil yua papa."

"Hau I go kil yu papa?"

"If I tel yu da secret nau wey yu noba go fo di blak bush, ma bele go big sotai yi bus?

"Heeh! God forbid bad ting, papa!"

Afta tu wik Pa Kunta tek yi pikin yi an yi enta fo insai da blak bush. Plenti ol pipo an chochoro dem bi fullup fo da bush. Di numba bi pas wan sef hondret. Taim wey Tewuh an yi papa rich da ples, som tu ul papa dem commot kam hol Tewuh yi tu han ba fos. Dem bigin drag yi go insai som ntap wey dem bi dong mek'am fo dey. Wan of da pa dem tek yi han lok Tewuh yi mop dai sey mek yi no krai.

"Mek yu no open yua mop krai fo hie, yu chochoro!"Na som da pa bi shaut fo Tewuh yi het.

Di oda ol pa bi tek haf botul klin Tewuh yi babia fo het. Afta dat dem rob bundu fo yi het Dem tel Tewuh sey mek yi kini fo dong tok som preya wey dem go tok fo yi. Taim wey, Tewuh dong sidon fo dong, da ul pa dem go cut lif fo planti fo bush den kam hol da lif fo bifo yi ai laik sey na buk. Pa Kunta bi deh fo wan sai yi di nye daso. Da tu pa dem tok fo Tewuh sey anyting weh dem tok , yi tu mos tok'am.

"I bi pikin fo nyi Fon cheumbeh. I gring sey oda god no dey pas Fon Cheumbeh. So helep mi Fon cheumbeh. "

Na so da tu pa dem bi tok da dem preya.Som mboma sens kam enta Tewuh yi het sey if yi kol nem fo Jesus Christ, da ol pa dem go lef yi mek yi go. Na weh Tewuh open yi mop yi tok say:

"I bi pikin fo Jesus Christ. I gring sey oda god no dey pas Jesus Christ. So helep mi Jesus Christ. "

Taim wey Tewuh dong tok da ting finis, da tu old pa dem fol fo grong sey preeem! Spit bigin commot fo dem mop. An dem bigin piss an shek laik sey dem get na fainting sik. Pa Kunta ron kam look'am sey na weti di pas. Yi rich dey tosh, da tu pa dem bot dem bi dong cold. Na dai dem dong dai so. Da wan bi na wandful ting! Dis kaina ting no ba eva hapin fo dis blak bush. Weti hapin? Pipo dem di wanda. Di hol bush ton bi na confusion. Pipo dem di wanda sey weti meng da tu repe dem. Oda wan dem sey na Pa Kunta yi pikin dong kil da tu pa dem. Hau? Dem sey Tewuh bi mek preya wit nem fo Jesus Christ fo insai blak bush. Ala pipo dem vex sotai dem tok sey dem go chapia Tewuh yi het. If Pa Kunta no bi bi na Lion Man, bad ting fo hapin fo da bush. Hau wey Pa Kunta bi si da mata so, yi jos hol yi pikin yi han dem commot fo da kontri fashon bush quik quik.

Taim wey cock hala, Pa Kunta hol rod fo pales. Taim wey yi rich fo pales, Fon of Peukoh kol meeting fo di *Council of Elders* mek dem kam yia dis wandaful tori wey Pa Kunta bring'am. Taim wey ol man dong sidon, Pa Kunta, tanap fo up, mof yi kap fo yi het truway fo dong. Den knack yi hand tri taim.

"Ma broda dem an ma papa dem. No bi wuna sabi sey taim wey bris noba pass no man no fit si shithole fo faol?" Wata bi di troway fo yi ai laik River Sanaga.

"Na tru tok dat," Na so ol da pipo fo *Council of Elders* bi ansa.

"Ma broda dem, wi papa dem bi tok sey if yu bit pikin send'am fo outsai, yu mos lok domot na wit bambu.

"Da wan na tru tok." Na so da pipo fo *Council of Elders* bi ansa agen.

"No bi wuna dong yia ting wey yi pas fo Kontri Fashon Bush yestade?"

"Wi dong yiar'am."

"Ma kontri pipo, na wu dey hia wey yi no get pikin?"

"No man."

"No wu dey hia wey yi no sabi sey pikin fit drag papa enta fo insai faya?"

"No man."

"Na wu dey hia wey yi fit kil yi on pikin foseka sey yi dong mek foolish?"

"No man," Pa Kunta bi daso di krai taim wey yi di tok ol dis tori.

"Broda dem, ma pikin Tewuh wey na wuna pikin bi do wandful ting yestade. No bi wuna dong yiar'am?" Yi bus krai agen.

"Wi dong yiar'am."

"Wuna luk mi. Na mi dis!" Ul man wey yi on no dey. Weti I fit do fi fo wuna? Wuna sori mi, na di onli ting dis wey I fit tok fo wuna," Pa Kunta bi fol dong afta yi las tok, palava finis. Dem tutam go na fo beri-grong wan taim.

Chapter 5
Nchang Shus

Palava Kristmos bi dong kut silip fo Mogho yi ai kwatakwata. Di puo pikin no bi fit silip atol atol. Yi soso ton ton sait bai sait fo di kwara-kwara wey yi bi silip dey fo grong insait dia potopoto haus. Midru nait bi dong pas bot Mogho bi daso yon an den sai. Soso yon an den sai. Hau Mogho bi fit silip wey yi no bi sabi di kaina Kristmos wey yi go get'am da yie.

Fo da smol village wey eni man bi sabi yi nebo wel wel, pipo no bi di wes taim fo dash pipo dem wit kako. Bot taim fo Kristmos bin bi na oda tori. Eni man bi daso lukot yi het an yi pikin dem. Yi bi laik sey di pipo fo da village dem bi dong tok daso sey eni man fo yisef an Papa God fo ol wi. Chochoro dem bi daso di wet na Fada Kristmos. If Fada Kristmos kam, Hallelujah! If yi no shu het, ndoutou!

Yie bai yie, Mogho bi soso wet fo da wandaful dey wey Fada Kristmos go kam gee yi nchang shus mek yi tekam chop Kristmos. Ol pikin dem fo dia kwata bi dong get nchang shus wey na Santa Claus gif dem fo Kristmos Dey. Mogho dong check di mata sotai yi het bigin ton, na yi wey yi sey beta mek yi asam fo yi mami.

"Nah, na weti mek Santa Claus badhat mi so?" Na so Mogho bi as yi reme.

"Ma pikin, Santa Claus no di badhat yi som man. Na weti mek yu check sey Santa Claus no laik yu?"Na so Mami Monica bi as yi pikin.

"Nah, I tok so becoz Santa dong waka ol pikin dem fo dis kwata bot mi I no ba si Santa."

"Yu dong mek preya sey mek Santa kam waka yu?"

"Oh yes, mami! I di mek preya fo Santa monin taim, san taim, an nait taim."

"Taim wey yu di preya fo Santa, weti yu di as yi mek yi do fo yu?"

"Mami, I dong as Santa mek yi gee mi plenti ting dem."

"Leke weti?"

"Leke nchang shus fo Kristmas."

"Ma pikin, wen yu mek preya fo Santa Claus, yu mos tai hat wet mek Santa ansa yua preya."

"You mos sabi sey Santa Claus get pikin dem plenti."

"Mami, I sabi sey Santa yi pikin dem plenti bot no bi misef I bi na yi pikin?"

"Na tru ma pikin bot you mos sabi sey yi no get yi plenti moni. If Santa Claus bai nchang shus fo ol pikin dem fo dis kwata nini no go lef fo yi kwa."

"Ah! Mami, da tok na tru tok so? Santa Claus yi moni no fit finis foseka nchang shus."

"Di ting bi na sey if Santa Claus bai yu nchang shus, den ol pikin dem fo dis kwata no go chop dis Kristmos."

"Mami, so yu rili gring sey mek I chop dis Kristmos wey I no wia shus?"

"Ma pikin, da queshon yu mos asam fo yua papa taim wey yi dong ton bak fo fam."

Mogho yi hat no bi fain atol taim wey yi mami bi tok dis tok. Eni hau, hau wey beg man no get chus, yi daso wet mek yi papa ton bak fo bush. Mami Monica sef sef bi di kari hevi hat becoz yi man no bi get yi plenti moni. Kunta yi smol moni bi daso di go fo pe sukul fis fo yi et pikin dem. Mami Monica bi get yi smol moni wey yi bi sel rais dey. So no, yi check fo yi het sey beta mek yi gee da moni fo yi massa mek yi moua smol moni bai nchang shus gee'am fo Mogho. Bot yi check fo yi het sey if yi gee da moni fo yi massa dem no go fit

28

bai bif fo da Kristmos. Hau wey nait bi dong fol, Mami Monica bi knak yi foot say kwaa kwaa! And den yi hol rod fo yi bet.

"Ma pikin, mek I kop ai I silip smol. Taim wey yua papa ton bak fo fam mek yu kam wukop mi, yu yia?'

"Yes ma; I dong yia."

"Mek yu klin yua ai; no crai agen. Mi an yua papa wi go tori dis mata fo nchang shus, yu yia, no?"

"I dong ya mami, tank yu!"

"Yi wan bi midru nait, Pa Kunta enta fo haus wit big big mukuta bak fo caca fo yi het."

"Kam gut papa,"Na so Mogho bi salute yi papa."

"Tank yu, ma pikin. Hau fo yu?"

"I dey fain, papa."

"Hau fo yu, papa?"

Oh, I dey fain, ma pikin. Na onli wok go kil mi. "

"Wok no go kil yu, papa."

 "God dey, ma pikin."

"Yes, God dey, papa."

"Yu sey yu dey fain?"

"Yes papa, I dey fain."

"Weti mek yua ai di ret so?"

"Na san san fol fo dey, papa," Dis wan bi na lai wey Mogho bi tok'am fo yi pa.

"Mek I luk'am, ma pikin."

Mogho bi open yi tu ai dem shu'am fo yi pa. Pa bi look'am sotai bot yi no si no natin fo dey. Na yi wey yi mof som megan fo yi kwa yi rob'am fo Mogho yi tu ai dem. Den yi pas go wukop yi wuman fo silip.

"Monica, Monica! Yu dong silip?"

"Yes massa. I daso kop ai nau nau. Yu don ton bak?"

"Yes, I dong ton bak."

"Hau fo yu?"

"I dey fain, massa."

" Hau fo massa?"

"I dey fain."

"Wi tank God."

"Weti do pikin yi ai?"

"Weti do yi ai?"

"Dem di ret laik pepe so yu no di si'am?"

"Massa, lefam so."

"Weti hapin? Yu sey mek I lefam so? Lef weti so?"

"Oho!" Na so Mami Monica bi knak mop, den klap yi tu han dem sey jua jua!

"Monica, na weti hapin?"

"Massa, na long tori."

"Weti bi long tori?"

"Mogho sey yi no fit chop Kristmos wey yi no wia nchang shus fo yi fut."

"Heung ngumba ne tuuh! Wusai dis kana tok commot fo pikin yi mop?"

"Mi I no sabi, massa."

"Wusai wi go tek moni go bai pikin nchang shus fo Kristmos? Oh barlok-o!"

"No bi na di long tori dat,massa?"

"Dis wan na popo long tori!"

"Yu get moni fo bai shus gee'am fo yi?"

"Nooooo! Na wusai moni go commot? Moni fo nchang no bi smol moni!"

"Massa, na so I dong tok fo yua pikin sey dis palava shus no bi fain ting fo dis taim fo Kristmos."

"Ma pikin? No bi yua pikin tu?"

"Eh, eh, massa! Na wi pikin, no?"

"If yi bi lefam Kristmos pas no bi wi fit manaj bai yi som ol nchang shus fo okrika maket?"

"Massa, dem no di sel nchang shus fo okrika maket! Shus no bi cloz."

"Na tru. So nau weti yu check sey wi fit do?"

"Yu get smol moni? Mek I mua smol ting fo dey wi bai nchang shus gee'am fo dis pikin?"

"Massa, no daso da smol moni fo rais wey UNVDA bi gif mi yesede."

"If yu gee mi da moni, weti yu go do bifo yu bai yua Kristmos cloz?"

"No wori massa, pikin dem na nomba wan. I go gee yu da moni."

"Yu bi na fain fain mami-pikin. Tank yu plenti!"

Hau wey mami Monica bi finis tok so, yi wekop fo up go sen yi han fo yi onda bet, mof som smol bondu moni kam gee'am fo yi massa. Pa Kunta kant di moni.

"Monica, na 1500 franc CFA."

"Wi tank God! Go bai shus fo pikin wit da moni."

Fo maket day, Pa Kunta an Mogho dem bi waka wan fut go fo maket. Pa bi buy som nian nian nchang shus gee'am fo yi pikin. Da shus palava ton bi na helele fo kwata. Taim wey Mogho bi put da yi shus fo yi fut, na so ol man bi daso de kol yi sey "Ekambi Brillant." Di ting wey yi mek pipo dem bi di kol Mogho sey Ekambi Brillant na becoz Ekambi bi na nomba wan ndinga man fo wia da kain nchang shus fo yi fut. Som oda pipo bi di kol dat kol dat kain nchang shus sey kenja bekoz yi bi dey laik kenja fo kari faul. From fo da taim, eni kain nchang shus fo maket ton bi na "Ekambi Brillant." Mogho bi chop Kristmos da yie laik popo king. Pipo dem daso crai sey: "Massa Ekambi Brilant, wan in taun!" Na so da tori fo nchang shus yi dey.

Chapter 6
Aitem Elevin

Ngoran bi knak dis tori fo yi kombi dem taim wey dem bi di waka go fo insai blak bush fo fain fayawut. No bi wuna sabi sey fo kontri na chochoro man pikin dem an mbindi ngondele dem di go fain fayawut wey mami dem go tekam mek chop fo haus? Hau wey rot bi long plenti, Ngoran yi na yi tu kombi dem sey beta mek dem knak tori mek taim di pas. So no, Ngoran sey yi get som fain fain tori wey yi wan tokam. Yi kombi dem no bi fit dinai hau wey dem sef sef no bi get no tori fo knakam.

"Som dey bi dey, King fo Up bi mek som aitem elevin fo ol yi fren dem fo dis grong."

"Na wu bi fren fo King fo Up?" Na so Wirngo bi asam fo Ngoran.

"Ha ha, yu no go lefam mek I knak dis tori finis bifo yu as mi queshon?" Na so Ngoran bi asam fo Wirngo.

"Massa, mek yu bigin knak daso da wi tori,"Na so Maimo bi tok yi own.

"Da aitem elevin bi na becoz of weti?" Na wirngo bi as dis queshon.

"Da aitem elevin bi na fo tank God hau wey yi dong lookot dem popo fo da yie; gif dem plenti chop, draiv sik fo pikin dem sikin an mek wuman dem get bele plenti."

"Yu sey King bi kol ol yi friend dem fo dis grong?"

"Yes, I min sey King bi kol ol yi friend dem wey dem bi fit flai go fo skai."

"Olright, mata approve himself!"Na Maimo bi knak da mop.

"Ya, dis aitem elevin yi bi na daso fo bet dem."

"Oh-ho! I dong yir'am nau popo." Na so Maimo bi ansa.

'So sef Massa Bat tu bi go fo up?" Na Wirngo di tok nau.

"Yes, evin Massa Bat yi sef bi go fo sky."

"Wuleee! Wuleee! No so Maimo bi shaut.

"Hau Bat bi manaj sotai yi rich fo skai?" Na Wirngo di tok nau.

"Bo'o na long tori!" No so Ngoran bi shaut.

"Massa tel wi no," Na Wirngo di tok nau.

"Bat no bi get yi feda fo flai wetam."

"So weti yi bi do. I wan fo no, bo'o."

"Hah! Yu mos sabi sey bat na popo sens pas king."

"Heeiinn! Tel wi dis tori, bo'o," Na Wirngo an Maimo dem join mop tok wan taim.

"Wuna tai wuna hat, mola dem.'

"Yu sef, hau yu di konto wit da tori so?" Na Wirngo tok da wan.

"No bi palava fo konto; wuna no wan wet yia di tori." Na so Ngoran bi tok.

"Massa, tel wi di tori, no!" Na Wirngo tok dis wan.

"Hau wey Massa Bat no bi get evin wan feda, yi check fo yi het sey beta mek yi mos go bek feda fo oda bet dem."

"Wandaful! Oda bet dem bi gif yi feda?" Na Maimo bi as dis queshon.

"Yes, no bi yu sabi sey bet dem no di badhat dem kombi?"

"I no bi sabi da wan." Na Wirngo di tok jos nau.

"Oh yes. Bet dem no dey laik wi, soso badhat!" Na Ngoran tok so.

"So bet dem gee Bat feda dem sotai yi sikin fullup?" Na Maimo di knak queshon so.

"Massa, yi dey laik sey yu no di yia dis tori koret."

"Bat yi sikin bi fullup wit feda taim wey yi rich fo skai."

"Tru tru?" Na Wirngo di tok nau.

"Wow! Bat na manawa-o!" Dis wan commot na fo Maimo yi mop.

"Wuna sabi weti hapin taim wey ol dis bet dem dong enta fo skai?"

"No, no! Na weti bi hapin fo skai? Tel wi!" Na Maimo wit Wirngo join mop tok.

"Taim wey ol di bet dem bi dong enta situp fo King yi haus, na yi wey King yi sef sef commot fo yi betrum yi kam bigin shek han fo ol bet dem wey dem bi commot kam fo da aitem elevin. King bi tok sey beta mek yi as ol bet dia nem dem an den shek dia han.King go fo eni tebul salut bet dem: kite, swallow, wood-pecker, weaver bird, sparrow an oda wan dem. Den King kam fo di tebul wey bat bi sidon deh.

"Gut evinin massa. Weti bi yua own nem?"

"Gut evinin nomba wan king fo dis haus. My nem bi na ALL OF YOU."

"Eeeh, eeeh, na wich kain nem so?"Na Wirngo an Maimo bi di laf Bat yi nem so.

"Mek wuna no laf kwak kwak, ma kombi dem! Wuna sabi sey Bat get sens pas king, no?"

"Sense pas king?"

"Yeesss! Bat pas king fo sens," Na so Ngoran bi tok.

"Wai yu tok so?" Na Maimo di tok nau.

"I tok so foseka sey Bat yi bi get sekon plan."

"Weti bi Bat yi sekon plan?"

"Lefam mek I tok dis tori finis, yia?"

"Yes, tokam finis"Na Wirngo di tok jos nau.

"So no, Bat yi nem bi na wandafu nem.'

"Hau yi bi wandaful?"

"Taim wey taim fo chop bi dong rich, King kol ol yi nchinda dem."

"Foseka weti?"

"Mek dem kam gee chop fo King yi waka pipo."

"Aha, I no bi tok?" Na Wirngo di tok nau.

"No bi I bi dong tori wuna sey Bat na sens pas king?"

"Yes, yu dong tokam! Finis di tori nau!" Na Maimo di tok laik sey yi dong vex.

"So no, eni taim wey nchinda dem bring chop, dem go daso tok sey: "This is for ALL OF YOU. And den bet dem go pus ol da chop putam fo Bat yi bifo."

"Da min sey Bat chop ol da pipo dem chop?"Na maimo di tok nau.

"Yes, yi chop di chop kwata kwata! Som oda bird no bi chop fo da haus!"

"Wanda no go eva finis fo dis wold!" Na Wirngo di wanda so.

"Bat bi chop ol da chop an den yi zhon ol di mimbo wey King bi gee'am sotai yi stat silip wit yi mop open."

"Ngiri! Ngiri! No Wirngo di wanda yi so.

"So weti kam hapin fo da oda bet dem?"

"Taim wey Bat bigin silip, na so eni bet di nyati kam mof yi feda, nyati kam mof yi feda wey yi bi gee'am fo Bat."

"Wooomoo-eh! So taim wey Bat wekop fo silip na weti yi do?" Na maimo di tok jos nau.

"Yi mof som big big krai—oyo!oyo!I dong dai-o! Wuna helep mi-o!"

"Yi di krai sey weti?"Na Maimo di as di queshon.

"Sey mek yi kombi dem kam bak gee yi feda mek yi kam bak fo grong."

"Dem bi kam bak?" Na Wirngo di tok nau.

"Wusai! If na yu, yu go kam bak?"

" So no man no kam bak?

" Sey dem di fia Bat?"

"Dis wan na popo sens pas king," Na Wirngo di tok nau.

"I mimba sey Bat bi lan som lesin," Na so Ngoran bi en di tori.

Taim wey Ngoran dong finis knak yi tori, Wirngo tok sey yi dey laik sey yi dong yia dis tori bifo. Bot di smol ting wey yi change fo Ngoran yi tori na sey di nem fo di koni animal fo yi tori bi na bi toroki. Fo yi own tori, na toroki bi kol yi sef sey ALL OF YOU.

Chapter 7
Barlok Sinof

Taim wey ol man fo village bi yia sey Ngufor no ba pas yi ekzam fo GCE, ol man fo yi fambro wan dai shem. Fo da village wey eni man sabi yi nebo, barlok fo wan pikin na barlok fo ol pikin dem.

"Fo long long taim nau somtin bi soso di tel mi sey som barlok go enta fo dis haus," Na so wey Achidi, papa fo Ngufor, bi tok yi own. Taim wey yi di tok so na so yi di brit laik sey yi dong ron na cross-kontri. Yi hol Ngufor yi repot cat fo yi han bot yi no fit ridam. So so krai. Daso klin kata fo yi nos.

"Ngufor dong fol yi ekzam fo biology, chemistry, physics an mathematics," Na so Achidi bi tok fo yi wuman, Mami Bih.

"Dis wan min sey weti, no?"

"Yi min sey Ngufor no fit go fo univasity."

Mami Bih jos shek yi raun het daso yi sai an den ben yi het fo daun fo krai. Dis pua wuman no bi sabi di ting wey yi mek yi pikin fol ekzam.

"Ma pikin go ton ton bi na tif man-oh! Hau Ngufor no go go fo univasity?" Na so Mami bi as yi massa.

"Hau Ngufor fit go fo univasity wey yi get na "F" fo ol yi sobjek dem?"

"'F' min sey weti no, massa?"

"'F' min say ful."

"Massa, no tok so! Dis pikin na yua pikin. Univarsity or no univasity, na daso yua pikin, yu yia?" Na so Mami Bih bi tok fo yi massa. Yi tok sotai yi bigin open yi koni ai dem.

"Cheh, Cheh, barlok-eh! So dis pikin no fit bi docta-ooh!" Na so Achidi bi krai an den put yi tu drai drai han dem fo yi fat het laik sey na som person dong bole fo yi fambro.

"Na tru sey Ngufor no fit bi docta agen?"Na Mami Bih di as dis queshon fo yi massa.

"Wusai, na wu go tek yi fo Docta Sukulu?"

"Wich kain barlok dis fo wi het-oh! Wich kan barlok fo dis pikin-eh? I sabi sey no bi yi wan dey fo dis troble. Mek papa god helep ma pikin-oh!

"Weti you min sey no bi yi wan dey fo dis troble?" Na Achibi di as dis queshion fo yi wuman.

"Massa, yu check sey na daso Ngufor fol GCE? Yi no fit bi na yi wan!"

"Weda na yi wan o no bi yi wan, da wan change weti? Di mata na sey dis pikin no ba pas yi GCE ekzam!!" Yi bi laik sey Achibi dong vex bad.

"Massa, so na weti yu check sey wi fit do fo helep wi pikin?"

"Weti yu sef check sey wi fit do fo helep wi pikin?"

"Fo ma own mimba, yi go fain sey mek Ngufor go bak fo sukulu. Yi dong mek mistek an yi go lan from yi mistek." Na so Mami Bih bi tok.

"Nonsense atol! Wuna wuman dem wuna het no koret, wuna no fit si fawe!"

"Da wan min sey weti nau?"

"Yu no fit si sey, wich pipo dem dong put han fo dis palava?"

"Weti yu min?"

"I min sey som wich man o wich wuman dong enta fo dis pikin yi laif. Yi wan kil yi!"

"Massa, I sabi sey wich pipo dem dey outsai bot da wan no min sey eni smol barlok wey yi entai haus na wich pipo dem mekam."

"Na wich kain smol pikin tok dat? Wich na wich; wich no fit bi oda ting!"

"Na tru bot I mimba sey Ngufor yi barlok no bi palava fo wich."

"Na wich! Dis pikin noba eva fol yi ekzam. Wai yi bi sey, taim fo GCE yi go bigin fol ekzam?"

"Olright, hau wey yi bi so, weti yu wan mek wi do nau?"

"Tumoro I di tek Ngufor mek wi go si da trong ngambe man fo Bamali Tri Kona."

"Cheh, yu tu, massa! Yu wan tek dis pikin go ngambe man foseka sey yi dong fol GCE wan taim?"

"Na so di palava dey! Tumoro na fo Bamali Tri Kona wi di go!"

"Na wu bi mi fo tok sey weti? Mek wuna go!"

"Yu no go kam wit wi?"

"Wu? Yu luk mi fain?"

"Weda yu go o yu no go, yi chench weti?"

Ngufor bi dong go waka yi grand-mami fo Bambuluwi village. Afta tu dey yi ton bak fo dia kompaun. Taim wey yi kam bak, yi pa no bi dey fo haus. So no, yi mami kol yi sey mek yi na yi tori fo yi tang.

"Ma pikin, yu dong ton bak?"

'I dong ton bak, mami."

"Hau fo waka?"

"Waka pas fain, mami."

"Tank God!"

"Hau fo yu, mami?"

"I di trai. Wi tank God. Fain chia sidon mek wi tori.

Ngufor bi drak som smol bambu chia fo onda yi mami yi bet sidon fo kona yi mami .

"Mami, yi dey laik sey yu taya plenti."

"Yes ma pikin; I dong taya yua papa."

"Weti you min, mami?'

"Yua papa no di gree mek I silip fo dis haus foseka yua GCE ekzam palava."

"Yi sey I do weti nau, mami?"

"Yua papa sey ting wey yi mek yu fol GCE ekzam na wich pipo."

"Heeh! Heeh! Som taim papa di tok bifo yi check yi het."

"Na tru ma pikin bot mek yu no eva tok so fo yi kona! Yu dong yia, no?"

"I dong yia, mami."

"Since wey yu go fo Bambuluwi, yua papa di wet sey mek yu ton bak mek yi tek yu wuna go fo ngambe man."

"Da wan na krish! Wi di go do na weti fo ngambe man?"

"Yu mos as da queshon na fo yua papa."

"I dong yia hau som person dong throway fayawut fo baksai. Go lukam sey na yua papa."

Ngufor wekop fo chia jum outsai. Tru tru, na yi papa bi dong ton bak fo yi rafia pam bush. Pa Achidi bi get yi tu fam dem wey yi plan kofi an caca. Na fo da fam dem wey ol yi moni di komot.

"Ma pikin, from fo hau yu ton bak fo sukulu, mi na yu noba sidon wi tori. Mek I wosh. I go kol yu taim wey I dong finis mek wi tori.' Na so pa Achidi bi tok fo yi pikin.

"Na tru papa. No bi yu sabi sey I bi go salute ma grand mami fo Bambuluwi?"

"I sabi, ma pikin. Hau fo yua grand mami? Yi dey fain?"

"No papa. Grand mami di sick plenti."

"Ah, pua wuman! Yi dong go si megan man?"

"No papa. Grand mami no laik yi fo go si megan pipo."

"Tru ma, pikin?"

"Yes, papa. Grand mami laik yi na mukala melecin."

"Wusai yi go si mukala melecin?"

"Yi pikin wey na mbere kaki dong sen yi plenti mukala melecin."

"Na fain ting. Yi di yia beta?"

"Yes papa. Grand mami di yia beta taim weh yi swolo yi melecin."

"Wi tank God. Olright, mek I wosh ma sikin bifo wi tori."

Pa Achidi enta yi haus throway yi kotlas an digas fo dong. Den yi kol mami Bih mek yi kam gee yi wata fo wosh.

"Massa dong ton bak?"

"I dong ton bak. Fain mi wata mek I wosh."

Mami Bih kari big potopoto pot wit hot wata fo insai go kipam fo baksai. Na fo baksai wey ol man di wosh. No fens, no natin. Taim weh yu di wosh, if pipo dem di pas dem go si ol yua kaku njo! Taim weh Pa Achidi dong finis wosh, yi kol Ngufor mek yi kam fo insai yi ntang. Ngufor waka kunya kunya go enta yi papa yi ntang.

"Ma pikin, fain chia sidon."

"I dong si chia, papa."

Papa an pikin bi sidon fes tu fes.

"Ma pikin, from fo di taim wey yu tel mi sey yu dong fol yua ekzam, I no ba kop ma ai fo dis ntang."

"Na tru, papa. I no bi check sey I go fol GCE. I wok papa, I rili wok bot mi I no sabi weti mek I no pas GCE." Na so di 18- yie- ul Ngufor bi tok fo yi papa, smol wata di commot fo yi blue ai taim wey yi tokam.

"No krai ma pikin. Barlok na barlok."

"Na tru, papa. Da GCE palava na popo barlok."

"Tru, ma pikin. Bot no krai. Wi go fain ansa fo dis problem."

'Yes papa. I go ton bak fo sukulu. I go wok laik krish man sotai I pas da GCE. No knak sikin, papa."

"I dong yia di ting wey yu tokam ma pikin bot somtin fo ma het di tel mi sey yu no go fit ton bak fo sukulu wey I noba tek yu go fo ngambe man."

"Ngambe man, papa?"

"Yes, ma pikin. Yu sabi sey fo-ai -pipo dem dey fo outsai. Dem bahat pipo wey dem di lan buk laik yu so."

"Na tru tok, papa?"

"Ma pikin, luk ma het. Dis babia no wait na fo natin. I dong tek dis ai dem I si somtin fo dis grong."

"Hein," Na so Ngufor bi ansa yi pa.

"Tumoro, bifo man pikin fawe wan hala wi mos dey fo rod fo go fo Tri Kona Bamali."

"Bot Papa, yu sabi sey I di go na fo Kristian sukulu, no?"

"I sabi, ma pikin."

"No yu sabi sey Kristian dem no gree ngambe?"

"Weda dem gring o dem no gring, da wan si mi fo weti?"

Achidi bi dong putam fo yi het sey do hau do hau, yi mos tek yi pikin go fo ngambe man. Yi pikin brin ol kain by kain big mop fo tekam denai da ngambe palava. Wusai! Pa Achidi daso tok fo yi pikin sey if dem no go si ngambe man, da min sey Ngufor mos pack yi kaku commot fo yi haus. Taim wey papa bi tok da wan pikin lukam sey tori dong baje.

'Papa, palava no dey. Mek wi go fo ngambe man. I si sey da wan go mek yu yia fain."

"No bi palava fo yia fain. Na foseka yo, ma pikin!"

Taim wey man pikin fawe hala, na papa an pikin dat fo rod fo Tri Kona Bamali.Dem bi waka sotai foti mail bifo dem enta fo kompaun fo Pa Ngwasi, di trong ngambe man fo

44

Bamali.Dem bi get loki taim no dey. Taim wey dem bi enta fo insai Pa Ngwashi yi kompaun, yi bi dey fo yi ngambe haus yi wan.

"I salute wuna. Na weti bring pipo fo Bavessi fo ma kompaun fo shap shap?" Na so da Ngambe man bi salute Pa Achidi an yi pikin.

"Pa Ngwasi, no bi we pipo dem tok sey taim wey yu tek yua ai yu si ngap wey yi di ron fo san taim, yu mos sabi sey som bat ting di falla yi?"

"Na popo tok bi dat."

"So, na wich kain bat ting di falla wuna?"

Taim wey Pa Ngwasi di tok so, yi bi shu dem tu chia dem fo smol kona fo yi ngambe haus mek dem sidon fo dey. Da ngambe haus bin bi na helele. Kain by kain ting dem bi fullup fo insai. Pot dem wey smell-smell melecin tanap fo insai, som pot dem bi dong bluk. Kanda fo lizard an mboma bi silip fo onda Pa Ngwashi yi own chia. Het fo dai lion an dai tiga bi dey fo som sai; teek fo elefan an babun wit plenti oda ting dem wey Ngufor no bi evin sabi dia nem dem bi silip fo insai da ngambe haus.

"Mek wuna sidon." Na so Pa Ngwasi bi tok fo Pa Achidi an yi pikin.

"Wi dong sidon Pa. Tank you."

Taim wey di tu waka pipo dem bi dong sidon fo chia, Pa Ngwashi wekop fo yi chia an den shek dem han. Afta dat, yi sidon bak agen fo yi chia; den yi drak som blak kwah fo onda yi chia mofam. Insai da blak kwah na onli drai drai bon dem bi fullup dey. Yi shek da kwah nain taim den throway ol di bon dem fo grong. Den yi sidon laik sey no bi yi throway da bon dem fo grong. Yi hol yi het fo insai yi tu han dem laik sey yi yia na wuowuo nyus. Pa Achidi tek yi on ai lukam sotai di palava pas yi. Weti di ngambe man dong siam wey yi no wan tel dem? Yi daso hol yi hat.

"Weti bring wuna fo ma haus?" Na so Pa Ngwasi bi as Pa Achidi an Ngufor .

"Ma pikin dong fol som big big ekzam. Dis pikin no ba eva fol exam, no wan dey!" Na so Pa Achidi bi tok fo Pa Ngwashi.

"Na wich kain ekzam wey yua pikin folam?"

"Pa Ngwasi, dis pikin fol na GCE."

Pa Achidi tel pa Ngwashi sey GCE na som big big ekzam wey if pikin no pasam yi no fit enta fo univasity. Yi beg di ngambe sey mek yi luk di palava gee dem.

"I go check dis mata fo wuna." Na so Pa Ngwashi bi tok fo dem.

Long taim dong pas. Den pa Ngwashi jum fo up laik sey na ant dong bit yi las. Taim wey yi dong tanap fo up, yi bigin dans som kain dans yi bi laik sey yi bele di bit yi. Den yi sidon fo grong agen, yi tek da kwah wey drai bon dem bi fullup fo insai. Yi throway da bon dem fo grong an den stat fo whistle quik quik laik krish man. Afta, yi bigin tok som kain tok so wey na onli yi wan di yiar'am. Den yi drink som doti wata wey yi bi dey fo som kalaba wey yi bi dong rob bundu fo dey. Taim wey yi dong drink di wata finis, yi open som oda big kalaba wey wata fullup fo insai.

"Kam fo hia!" Na so Pa Ngwashi bi tok fo Pa Achidi.

"Na mi dis, Pa."

"Look insai dis pot fain fain, den tel mi weti yu si'am."

Pa Achidi hol yi sikin fain fain, den yi ben dong fo da melecin pot yi lukam.

"Weti yu si?"

"I si na fes fo ma pikin."

46

"Wich pikin? Dis wan?" Da ngambe man bi di shu yi finga fo Ngufor taim wey yi di as da queshon fo Pa Achidi.

"Yes, dis wan."

"Olright, luk'am agen. Tel mi weti yu si'am fo yi han."

Pa Achidi lukam agen sotai lef smol yi fol insai da ngambe pot. Den yi tok somtin.

"I si somtin fo insai Ngufor yi han."

"Yi bi laik weti?"

"Yi bi laik sinof."

"Ja! Ja! Na barlok sinof"

"Weti bi barlok sinof Pa Ngwashi?"

"Barlok sinof na da kain wan wey mukala dem di mekam putam fo insai botro. Taim wey pikin dong putam fo yi nos, yi di daso go fo yi het.

"Hein!" Na so Pa Achidi bi di wanda.

"Yes, barlok sinof na yi di mek wi pikin dem di krish dem no di lan buk.

"Wumuoh! "Wumuoh! Barlok-eh! Na so Pa Achidi bi krai an yi di mek like sey yi wan fol.

Pa Ngwashia hol yi an den yi tel Pa Achidi sey hau wey da sik na mukala dcm bringam, na daso mukula docta dem fit mof da sik fo Ngufor yi bodi.

Chapter 8
Vuka-Vuka Sitik

Som pikin dem bi deh fo Vengo village wey dem bi di kol dem sey Nintai an Ndenge. Dis tu boy dem bi laik sukulu sotai pas mak bot dem papa dem bi dong meng taim wey dem bi di fait waa. Barlok tu dem mami bi pua sotai pas arata fo insai chosh. So no, wan dey hetmassa bi draiv dis tu pikin dem fo sukulu becoz dem no bi dong pe dia sukulu fis. Hau wey dem bin bi na pikin dem wey dem get sens fo dia het, dem bi sidon checkam fo dem het sey nau wey hetmassa dong draiv dem fo sukulu weti dem go do? Na yi wey som sens kam enta fo dem het sey beta mek dem go fain fayawut fo bush kam sellam pe dem sukulu fis. No bi na popo sens dis?

Fo da Vengo village som pa bi dey dey wey yi own wok bi na fo mek bred sellam fo pipo. Na yi pipo dem bi di kol da pa sey Massa Bred. But yi popo nem bi na Ndula. So no, Nintai an Ndenge dem bi go si da Massa Bred.

"Massa Bred, hau fo you?"

"I dey fain ma pikin dem. Simol simol katch monki. Hau fo wuna?' Na so Massa Bred bi ansa da tu boys dem.

"Wi dey fain, Massa Bred. Wata go lef ston." Na so da boy dem bi tok fo Massa Bred.

"Weti mek wuna kam waka mi tude?"

"Massa Bred, yu no somtin?"

"No, wuna tori mi."

"Wi hedmassa dong draiv wi fo sukulu."

"Ah ah, hau hedmassa go draiv sukulu pikin dem fo sukulu?"

"Yi sey wi noba pe sukulu fis,"Na Ndenge bi tok so fo Massa Bred.

"Da min sey foseka sukulu fis pikin no fit lan buk agen?"Na so Massa Bred bi tok sotai yi di shek yi mun hed.

"Massa Bred, da palava dong pas wi, na yi wey wi check fo we hed sey beta mek wi kam si yu; som taim yu fit helep wi."

"Wuna check fain, ma pikin dem. Wuna wan sey mek I helep wuna do na hau?"

"Massa Bred, wi wan go fain fayawut fo blak bush kam sellam. Yu go buyam?

"Ha ha! Dis pikin dem. No bi dis ma bred dey so I di bonam na wit faya? Wuna check sey wusai da faya di commot if no bi fayawut?"

"Hein, hein; na so I bi tok fo Nintai bot yi no gring," Na so Ndenge bi ansa Massa Bred.

"No problem.Wuna go fain di fayawut daso. If I si fayawut, wuna go get moni."

"Yua promise na yua promise, Massa Bred."

"Yes, ma tori no di eva chench. In oda word, taim wey I dong tek ma mop tok sey yes; ma yes go soso bi ma yes."

"Okay, tank yu plenti Massa Bred. Tumoro wi go kam bak wit fayawut.

"I dong yia wuna. Bai bai!"

Da tu boy dem bi glad taim no dey. Man pikin fawe wan hala di next dey, da boy dem dey fo rod fo go fain fayawut fo Meukeng Blak Bush. Kotlas fo wan left sholda an axe fo rait sholda, dem di waka laik soja. How wey rod fo go fo Meukeng Blak Bush bi long plenti, Ndenge an Nintai dem check fo dem het sey betta mek dem knack tori mek taim di pas. Na Nintai bi bigin'am. Nintai yi tori bi na tori fo Mma Yayuh.

"Som mami bi deh fo wi kwata wey yi nem bi na Mma Yayuh." Na so Nintai bi stat yi own tori.

"Weti Mma Yayuh bi do?"

"Heun! Mma Yayuh bi na lock-mop."

"Fo hau?"

"Massa, yu wan yia da tori fo Mma Yayuh. Yi bat."

"Bo'o, knack mi da tori!" Ndenge bi wan yia di tori fo Mma Yayuh.

"Mma Yayuh bi na ashawo."

"Okay, so weti kam do yi?"

"Massa, da mean say da wuman bi di sleep wit ten man pikin fo wan day!"

"Ten man pikin fo wan day!"

"Ten! I di tell yu!"

"Massa, da mami bi na sex machine-o!"

"Yi bi pas sef sex machine, bo'o."

"Mma Yayuh yi own bi pass mark. Yi bi laik sey dem wish yi na fo wish'am."

"Na so I siam."

"Wos of ol, Mma Yayuh bi na moni ai."

"Da wan min sey weti?"

"Da wan min sey if yu sleep wit Mma Yayuh yu no gee yi moni, wuna go wia wan trosa."

"Da min sey fo Mma Yayuh na daso moni fo han, bak fo grong?"

"Yes, bo'o. Yu dong yia da palava fain."

"Massa, no bi na market? Hau yu go tek man yi kaku go wey yu noba pe?"

"Na so Mma Yayuh bi dey yi-o. But wan day somtin kam hapen."

"Weti hapen?"

"Som man kam silip wit Mma Yayuh; dey klin yi no wan pe Mma Yayuh. Da man yi nem bi na Noh Keumbah."

"Yeh maleh-o! So weti Mma Yayuh do?"

" Mma Yayuh no bi wes taim atol."

"Weti yi bi do?"

"Mma Yayuh bi throway yi skin fo Noh Keumbah yi skin an den hang fo di man yi kanas. Yi bigin shaut sey: chus yua moni o yua kanas!"

"God forbid bat ting!"

"No bi lie! Na di ting wey Mma Yayuh bi do'am. Ol man fo kwata dong yia dis tori."

"Wai yi katch yi kanas? Kanas na moni?"

"Well, Mma Yayuh bi jam somtin fo do mek Noh Keumbah gif yi moni."

"Noh Keumbah bi gif Mma Yayuh di moni?"

"Yes, yi bi gif Mma Yayuh kolo fab."

"Da yua tori na waa-o."

"No bi waa, na waa waa waa-o!"

"Nau wey yu dong yia ma tori finis, yu fit tel me yua own tori?"

"Yes bo'o. I go knak ma own tori nau."

Ndenge yi tori bi na som wan. Yi sey di tori wey yi go tok'am, yi yiar'am na fo yi grandpa yi mop. Da tori bi na tori fo Vuka-Vuka stik; mukala dem di kolam sey penis-tree.

"Fo wi kontri fashon fo graffi lan, taim wey dem bon man pikin, yi papa go dig som big hol fo dem baksai an den plant simol sitik fo insai."

"Na wich kain sitik dem di plantam?"

"Dem di plant na Vuka-Vuka sitik."

"Vuka Vuka sitik?

"Yes, Vuka Vuka

"Weti bi vuka-vuka?"

"Oda nem fo vuka-vuka na penis sitik."

"So vuka-vuka tree min sey penis sitik?"

"Yes, na yi."

"Wai dem de plant vuka-vuka sitik fo baksai de haus wey pikin dey fo dey?"

"De risin na fo check hau wey pikin yi penis di big."

"Hau dis wan di hapen?"

"Pa fo di kompaun di kot di yong vuka-vuka sitik mek wata commot. Taim wey wata dong commot, pa fo pikin yi go tek di wata putam fo di niu bon babi yi mop."

"Wai dem di do'am so?"

"Dem wan sey mek penis fo pikin an di vuka vuka sitik dem bigin big wit di sem speed. In oda word, mek som wan no big pas yi frend."

"Weti go hapen if di vuka vuka sitik daso di grow yi no stop? De pikin yi blakus go daso big too?"

"Yes. Bot papa fo pikin mos mimba fo kot da vuka-vuka sitik throway taim wey yi dong si sey blakus fo yi pikin dong big koret."

"Bot weti go do da pikin if som ren kam kari da vuka vuka sitik?" Weti go do da pikin yi blakus?"

"An god forbid bat ting bot weti go do da pikin yi penis if wata kam kari da vuka-vuka sitik go throway'am fo som grong wey manure dey fo dey an da sitik yi di big daso? Na so Nintai bi asam fo Ndenge.

"No man no sabi."

"Bo'o, mimba fo as youa grandpa dis queshon next taim wey yu go si yi."

Chapter 9
Wayo Kot

Da dey bi na kontri Sonde fo Ngoketunjia. No bi wuna sabi da dey wey no man no di wok so? Fo dis kain dey pipo dem di daso sidon fo dia haus dem di knak tori. So no, fo da dey som tri kombi dem bi sidon fo matutu haus dem di sule dia matutu an dem di knak kain bai kain tori.Da kombi dia nem bi na Vanyi, Ndonyi an Leghu.

"Long long taim ego, som fain fain man pikin bi dey fo dis kwata," Na so Leghu bi bigin da yi own tori.

"Hein, hein. Yu an dis yua yeye man pikin tori dem," Na so Vanyi bi ansa yi kombi.

"Aha, massa! Yu no go lefam mek I tok di tori finis bifo yu put mop fo insai?" Na Leghu di knak mop jos nau.

"Olright! Mek yu knak di tori finis, no," Na so Vanyi bi tok an den yi krash yi long bak het.

"Da man yi nem bi na Ntoh Mbang. Yi bi long popo an yi bi fain sotai ol wuman dem fo kwata di daso wan dai foseka yi. Dem soso falla yi," Na so Leghu bi tok.

"Hein, Hein! I no bi tok?" Na Vanyi di tok nau.

"Ngondere, weda na big wan o na smol wan, no bi fit pas Ntoh Mbang fo rod wey yi no ton luk bak," Na Leghu di tori so.

"Ah yes, na popo man pikin dat!" Na Vanyi dong shaut so.

"All smol smol ngondere dem daso sing song put Ntoh Mbang yi nem fo insai:

Ntoh eh! Wuo! Na Wuman lapa-eh! Wu-o!
Yi no di pas wuman-o! Wu-o! Wu-o!

Na wuman las go kam kil yi-eh! Wuo! Wu-o!
Ho! Ho! Ntoh-eh. Yi shweet pas honi
Yi shweet pas ol man pikin-eh! Wu-o!

Na so ol wuman pikin dem fo da kwata bi di sing Ntoh Mbang yi nem ol di taim. Dem sing song tok hau wey if ntoh knak kanda wit som man yi wuman, da wuman go run maret.

"Ntoh Mbang bi get yi own wuman fo haus so?" Na Ndonyi bi as dis queshon fo Leghu.

"Wusai! Wuman lapa di maret?" Na so Leghu bi ansa.

"Da min sey Ntoh Mbang bi na ashawo man pikin, no?" Na Ndonyi bi as dis queshon.

"Massa, yu wan yia na weti fo ma mop?" Na so wey Leghu bi ansa Ndonyi yi questhon.

"Yi bi maret wuman bifo yi commot?"

"Atol, atol! Ntoh Mbang no bi dong eva maret," Na so Leghu bi tok.

"Yi bi na daso chuk-am pass?" Na Vanyi di tori nau.

"Oh yes, Ntoh Mbang bi di chench wuman laik hau wey wuman di chench dros" Na Leghu tok da wan.

"Dat wan na popo disgres fo ol man pikin dem," Na Ndonyi bi tok so.

"Weti yu min sey na disgres fo ol man pikin dem? If som man di waka waka chuk chuk laik dog hau yi go bi na disgres fo mi –eh? I no gring dis yua own tori-o, Massa Ndonyi!" Na Vanyi di tok nau.

"Massa, wuna no go gring mek I finis ma tori!" Na Leghu dong jum bak insai di tori so.

"Bro, mek you finis knak wi da tori. Na som man bi tok yi ting sey tori shweet, tif man laf fo banda," Na Vanyi dong knak dis panapu so.

"Hau wey Ntoh Mbang bi di waka waka chuk chuk commot, wan dey yi go chuk *wontoh* fo bush," Na so Leghu bi tori yi kombi dem.

"Weti bi *wontoh*, no bro? No bigin tok yua kontri tok fo wi, hein!" Na Ndonyi bi tok so.

"Sori bro, I dong foget sey na mi wan di tok *Tong* langua fo hia. *Wontoh* na Fon yi wuman," Na Leghu di tori nau.

"Wandful! Da sumbu tai hat go chuk yi bangala fo insai wontoh yi las? Wanda shall neva end in dis wold!" Na so Ndonyi bi ansa Leghu.

"Yi tu di wontoh, yi bi di gring sey yi di gring na weti?" Na Vanyi dong as di queshon.

"Massa, bifo yu kil arata yu mos as yi sey weti mek yu tif," Na Leghu bi tok da wan.

"Na tru mola bot weti mek wontoh di waka fain bangala fo oda man pikin dem?" Na Ndonyi di tori so.

"Wuna di knak da mop so som man dong asam sey na hau meni wuman Fon getam?"

"Yes! Yi get na hau meni?" Na Vanyi bi as dis queshon.

"Yu rili wan fo sabiam?" Na Leghu dong tok.

"Yes, tel wi! Hau menu wuman Fon getam?" Na Ndonyi di tok nau.

"Fon fo dis village get seventi-seven wuman dem," Na Leghu dong tok.

" Wai?" Na Ndoyi bi asam.

"Wai? Bikoz yi get bangala!" Na Leghu tok nau so.

"Weti? So if yu get bangala, yu mos kari wuman fullup yua haus?" Na Vanyi bi tok da wan.

" Massa, I no sey na weti?" Na Leghu dong tok da wan.

"Seventi-seven wuman dem wey yi di silip dem ol?" Na Vanyi di tok nau.

"No man no sabi weda yi di silip dem ol o yi no di silip dem ol," Na Leghu di tok so.

"Ma bro, yu fi sabi sey Fon no di silip wit ol yi wuman dem," Na Ndonyi dong tok.

"Hau? Hau yu fi sabi?" Na Vanyi dong knak dis queshon nau.

"Yu go sabi taim wey yu yia sey Fon yi wuman dong go nyati knak kanda wit oda man pikin fo outsai," Na Leghu bi tok so.

"I yia yu, bro. Som wuman na het kau?" Na Vanyi bi tok so.

"Dis wan na rili nonsense! Hau wan man go kari pipo dem pikin kam throway'am fo Pales laik mbonga bot yi no di silip dem?" Na Vanyi bi tok so.

"I wanda! Sum wuman na haf fayawut? If man pikin no silip yi wuman, da wuman go commot go chop bins fo outsai!" Na so Ndoyi bi tok yi own.

"Bot yu sabi ting wey yi rili vex mi fo dis palava?" Na Leghu di tori nau.

"No, weti di vex yu?" Na Vanyi di tok nau.

"Ting wey yi vex mi na sey dis Fon, yi dong go kari yi own smol smol ngondere dem wey dem fi bi sef na yi own pikin kam throway'am fo pales laik bifaka," Na Leghu bi tok so.

"An yu sabi somtin? Ol Fon yi own ngondere pikin dem dey fo sarako fo Nasara Kontri." Na Ndonyi bi tok dis wan.

"Wos of ol, old mami dem wey Fon yi papa bi dai lefam, yi dong kariam di nyoxer dem," Na Vanyi di tok nau.

"Dem sey na kontri fashon," Na so Leghu tok.

"Kontri fashon weti? Nonsense! Dem no fit chench kontri fashon?" Na Ndonyi dong tok.

"I wanda! If kontri fashon di tek yu enta na fo bush, yu mos chench da kontri fashon!" Na Vanyi di tok nau.

"Da wan na tru tok, ma bro. Kontri fashon mos chench!" Na so Leghu bi tok.

"Bot dis tori sef fo kontri fashon no bi na daso lai-lai? Fon sef sef no di respek kontri fashon atol!" Na Ndonyi dong tok.

"Weti yu min?" Na Vanyi dong asam so.

"Mi I di tel yu sey Fon yi sef no di respek kontri fashon! If Fon di respek kontri fashon, hau yi bi sey yi di go fo abakwa zhon jobajo sotai krish?" Na Ndonyi bi tok da wan.

"Da wan na wich kana Fon so? Na popo disgres fo yi village!" Na so Vanyi bi tok yi own.

"On top of ol dat, I dong yia sey taim wey Fon dong krish mimbo, yi di nyati knak kanda wit mbog dem fo abakwa. No bi na daso Fon?" Na Ndonyi bi tori da wan.

"Fon ma fut!" Na Vanyi bi tok so wit vex.

"Na yeye Fon," Na so Leghu bi tok yi own.

"Massa,da wuna tori na waa-o! Wuna dong tori sotai I mis rot. Mek I finis ma own tori." Na Leghu bi tok so.

"Bo, na tru wi dong knak mop sotai lef smol mek yu foget di tori wey yu bi di knakam. Finis'am, massa," Na Ndonyi bi tok so fo Leghu.

"So no, taim wey dem Katch Ntoh Mbang wit wontoh, Fon vex sotai yi tia yi cloz." Na so Leghu bi tok.

"Yeye Fon! No bi yi sef di silip wit wuman dem fo outsai?" Na Ndonyi bi tok so.

"Wuna mos sabi sey fo chop fo di sem pot wey Fon di chop fo insai, na popo barlok. Na rili ndoutou!"

"So weti Fon bi do?" Na Vanyi di tok.

"Massa, di man vex sotai yi get fainting sik," Na Leghu di tok.

"Hein! Na tru?" Na so Ndonyi bi wanda.

"Na joke yu di joke?" Na Vanyi bi as dis queshon.

"Wu di joke? Mi? Yu bi dong yia mi I di joke som dey?" Na Leghu di tok jos nau.

"No wan dey, bro," Na Vanyi bi tori dis wan.

"Taim wey Fon wekop fo yi fainting sik, yi kol meeting fo di *Counci of Elders* fo di village." Na Leghu di tok nau.

"Tru tru, da man bi vex!"Na Ndonyi dong tori so.

"Yes, Fon kol ol di Elders fo Village mek dem kam yia da barlok nius." Na Leghu di tok.

"Weti *Council of Elders* bi do taim wey dem dong yia Fon yi tori finis?" Na Vanyi di asam nau.

"Oh, wan taim, dem jos tok sey Ntoh Mbang mos go!" Na Leghu tok so.

"Go fo wusai?" Na Ndonyi dong as dis queshon.

"Dem sey hau wey Ntoh Mbang dong chop fo di sem pot witi Fon, dat min sey na tu Fon dey fo da village," Na Leghu bi tok so.

"Hau tu Fon go dey fo wan village?" Na Vanyi dong as dis queshon.

"Massa, no bi na wayo wey fo tekam tok fo Ntoh Mbang sey yi don bi na *persona non grata* fo village?" Na Leghu tok da wan.

"Di *Council of Elders* dem bi as Ntoh Mbang sey weti hapen?" Na Ndonyi dong tok dis wan.

"Atol, atol. No man no as yi sey wetin mek yu go chuk yua bangala fo las fo Fon yi nga. *Council of Elders* dem kot no get jus. Na so di mata dey,"Na Leghu bi tok so.

"Hau wey dem bi tok so, weti Ntoh Mbang bi tok?"Na Ndonyi bi asam.

"Weti yi go tok? *Council of Elders* na kot! If dem dong tok dem dong tok,"Na so Leghu bi finis da yi own tori.

"Massa, da kot fo *Council of Elders* na daso wayo kot,"Na so Vanyi bi tok yi own.

Chapter 10
Seven Plus Wan

Fo Afrika, kain kain sik dem dong fol laik mungwin. Bot di nomba wan sik wey yi go finis wi ol na som wan wey dem di kolam sey Seven- Plus-Wan. Mukala dem di da sik sey HIV/AIDS. Na som kain sik wey yi bat taim no dey. Some pipo dem tok sey na fo monki bip wey som Afrika man bi go kari da sik. Oda pipo dem sey na mukala man pikin wey dem di knak kanda wit oda man pikin fo dem shithole, na dem bring da sik fo Afrika. Som pipo dem sey na pipo dem wey dem di tek barlok sinof na dem bring dis sik fo Afrika. Hau wey yu sef dong tek yua own ai siam, no man no sabi wusai wey dis barlok sik commot. Bot Fada dem fo chosh an malam dem fo mosque dem sey Seven Plus Wan na sik fo pipo wey dem no sabi God o Allah. Na dem own toli bi dat.

"Plenti pipo dem fo dis kontri no sabi God atol. Na dis kain pipo wey taim wey dem get Seven Plus Wan, dem go daso jum fo outsai bigin wata tok sey na wichman dong do'am,"Na so Fada Nortje bi tok yi own.

"Na tru. Oda pipo dem di get da sik , dem no di sabi sef sey dem getam," Na Wobenyi wey na draiva fo Fada Nortje bi tok dis wan.

"Na fo dey wey di palava yi bat. If man get Seven-Plus-Wan bot yi no sabi sey yi getam; no bi yi go daso waka varam fo ol man pikin an wuman pikin dem fo kwata?" Na Nyiloh wey na katakis fo Katolik Mission fo Ndop bi tok dis wan.

"Na tru wey yu tok, katakis. Lefam mek I tel yu tori fo som man fo dis kwata wey yi bi get Seven-Plus-Wan an di ting wey yi bi do." Na Wobenyi bi tok dis wan.

"Tel wi da tori," Na so Fada Nortje bi ansa Wobenyi.

"Da man yi nem bi na Mika Vaayi. Dis man bi dong lan buk sotai buk wan finis fo dis grong," Na so Wobenyi bi stat da yi own tori.

"Hein? Yi lan buk sotai bi Docta?" Na so Fada Nortje bi di wanda.

"Yes Fada. Yu tok laik sey yu sabi'am. Yi nem bi na Docta Mica Vaayi.

"I mimba sey I dong yia da nem," Na Nyiloh dong tok da wan.

"Som taim yu sabi yi sef," Na so Wobenyi bi ansa.

"No, I no sabi yi," Na Nyiloh dong ansa yi bak so.

"No problem. Eni hau, Docta Mica Vaayi Bi laik wuman las pas mak!" Na Nyiloh bi tok dis wan.

"Hein! Popo wuman rapa nomba wan," Na Wobenyi dong tok nau.

"Hein? Wit ol da big buk fo yi het?" Na Fada Nortje bi as dis queshon.

"Oh, yes Fada! Big buk no bi komon sens. Fo dis wi own kontri, pipo wey dem lan buk plenti, na dem foolish pas makaju," Na so Wobenyi bi ansa Fada Nortje.

"I check sey yu tok na tru tok. Yu wan si popo mumu, go fain man wey yi dong go sarako plenti," Na Nyiloh bi tok dis wan.

"Na rili tru sey di bik buk no bi komon sens," Na Wobenyi tok so.

"Eni hau, mek I finis ma tori," Na Wobenyi dong jum bak fo insai da tori so.

"Yes tara, tel wi da tori fo Docta Mica Vaayi," Na Fada Nortje dong tok dis wan.

"Docta Mica Vaayi bi laik wuman sotai bi laik Satan laik dai man," Na so Wobenyi bi knak di tori.

"Barlok-eh!" Na Fada Nortje bi tok so an den yi klap yi tu hand.

"Na tru, Fada. Docta Mica Vaayi yi own langa wuman bi laik sey dem do'am na fo do'am wit nyongo."

"Na Satan di do yi wok," Na Nyiloh bi tok so.

"Docta Mica Vaayi no bi di chus wuman. Yi silip wuman, yi silip yi sista," Na so Wobenyi bi tok.

"Weeeh Weeeh! Satan bi dong rili tai yi haus fo insai Docta Mica Vaayi yi het," Na so Fada Nortje bi tok yi own.

"I sey! Docta Mica Vaayi enta yua kompaun yi mos nyoxer ol smol smol ngondere fo dey bifo yi commot," Na so Wobenyi bi tok.

"Docta Mica bi na kam- no- go!" Na Fada Nortje bi tok da wan.

"Oh yes. Docta Mica Vaayi bi di silip mami silip pikin!" Na so Wobenyi bi tok.

"Weti? Yi bi do weti?" Na Fada Nortje bi as da queshon.

"Docta Mica bi di silip mami silip pikin, Fada," Na so Wobenyi bi tori.

"God in Heven! Da man nid *cleansing*!"

"Na so I si Fada,"Na katakis bi tok dis wan.

"Di tori no ba finis. Mek I finisam," Na Wobenyi tok so.

"Massa, finisam. Da tori na helele-o!," Na Nyiloh bi tok so.

"Docta Mica Vaayi bi knak kanda sef wit yi own wuman pikin fo haus," Na so Wobenyi bi tori.

"Weti? Stop! Stop! I sey stop!" Na so Fada Nortje bi krai.

"Fada, lefam mek I finis dis tori. Docta Mica Vaayi bi na satan, tru kostoma fo hel," Na soso Wobenyi di tori.

"Dis tori na wuowuo tori," Na so katakis bi tok yi own.

"So wan dey, Docta Mica Vaayi yi wuman go waka. Da sem nait, Docta go kari ashawo bringam fo insai yi own haus.

Dem knak kanda fo di sem bet wey Docta Vaayi di silip wit yi nyango," Na so Wobenyi.

"DoctaVaayi bi wan silip wit wolowoss so yi no evin mimba sey mek yi wia ren-but,hein," No so Wobenyi bi tok.

"Ah ah! Hau yi go knak kanda wit ashawo wey yi no wia soks? Yi di krish fo yi het!" Na Nyiloh bi tok da wan.

"Di *wages* of sin na dai!" Na Fada Nortje bi tok so.

"Na tru yu tok Fada,"Na Katakis bi ansa Fada so.

'Oh yes! Tru tru, di wages of sin na dai. Taim wey ashawo dong commot, Docta Vaayi bigin yia bat fo yi sikin," Na Wobenyi di tok so.

"Ahan ! Ahan! Di wages of sin!"Na Nyiloh tok so.

"Afta tu day Docta Vaayi di go lantrin di daso shit na blot." Na so Wobenyi bi tori.

"Hein? "Na Fada Nortje bi hala so.

"Yes, Fada. Wos of ol, Docta Vaayi di chop somtin yi no di tanap fo yi bele," Na Wobenyi tok so.

"Ah! Ah! So weti Docta Vaayi bi do?"Na Fada Nortje bi asam so.

"Afta fo dey, Docta Vaayi sey beta mek yi go si docta fo hospito," Na Wobenyi tok dis wan.

"Puo man!" Na Fada Nortje bi tok dis wan.

"Docta Vaayi wan rich hospito yi dey laik ghost," Na so Wobenyi bi tori da wan.

"Weti yu bi check fo yua het?" Na Nyiloh tok so.

"Taim wey Docta Vaayi bi mitop docta fo hospito, dem do yi kain bai kain *test*—

Test 1, Test 2, Test 3, Test 4 …"Na Wobenyi di tok so.

"Sofa fo dis grong!" Na Nyiloh tok so.

"Yes, na popo sofa fo dis grong, ma broda," Na Wobenyi di tok so nau.

"So, weti bi di rizot fo ol da test dem?" Na Fada Nortje bi tok dis wan.

"Taim wey Docta fo hospito dong finis yi test dem, yi tok fo Docta Vaayi sey mek yi ton bak fo yi haus den kam back afta tu day," Na Wobenyi di tok so.

"Ha! Ha! I mimba sey Docta Vaayi bi di shwet laik swain taim yi hol rod fo ton bak fo yi haus," Na Nyiloh tok dis wan.

"No bi palava fo laf. So no, afta tu dey, na Docta Vaayi dat bak fo hospito," Na Wobenyi di tok so.

"Weti dem tok fo yi fo hospito, Papa God?" Na katakis di wanda so.

"Taim wey Docta Vaayi enta Docta fo hospito yi ofis, som nos kam gee yi som buk sey na yi lap rizot. Den yi tel Docta Vaayi sey mek yi go daret fo Docta Nfornyam yi ofis mek dem tori da yi rizot," Na Wobenyi tori dis wan.

"Gut mornin Docta Nfornyam,"Na so Docta Vaayi bi salute da docta fo hospito.

"Gut monin Docta Vaayi. I beg mek yu sidon fo dis chia mek wi tori," Na so Docta Nfornyam bi tok fo Docta Vaayi.

"Tank yu Docta,"Na so Docta Vaayi bi tok an den yi sidon fo chia.

"Docta Vaayi, yu don tek ai si yua rizot? No bi fain rizot, I mos tel yu," Na so Docta Nfornyam bi tok fo Docta Vaayi.

"Weti yu min, Docta?" Na so Docta Vaayi bi tok an yi di shek laik lif.

"Dis rizot shu sey yu get Seven-Plus-Wan. Fo tel yu tru, dis sik dong bi fo yua sikin pas wan yie," Na so Docta Nfornyam bi tok fo Docta Vaayi.

"Docta! Na joke? I sabi sey na joke yu di joke! Hau I fit… Hau… Hau…"

Docta Vaayi no bi fit tok agen. Yi dong fol fo dong laik half fayawut, priiimmm!

Docta Nfornyam wekop kam hol yi han helep yi mek yi wekop sidon agen.

"Docta Vaayi, dis wan no bi di end of di wold, okay? Yu no bi di fes an yu no go bi di las man fo katch Seven-Plus-Wan," Na so Docta Nfornyam bi tok fo Docta Vaayi.

"Oh, Docta! Wai me? Wai me?"" Na so Docta Vaayi bi tok an den yi di krai laik bebi.

"Wel, ma fren, Seven-Plus-Wan no di chus som man. Yi no di fia som man o som wuman fo da mata. Yi no di fia moni man o politik man o buk man. Yu getam yu dong getam," No so Docta Nforyam bi tok fo Docta Vaayi.

"Dis na wandaful bat nius!"Na so Docta Vaayi bi tok.

"Yu maret?"

"Yes, Docta. I get wuman."

"Yi dey fain? No sik?"

"No sik, Docta."

"I wan fo si yua wuman tu. Som taim yi sef get dis sik."

"No tok so, Docta!"

"Bring yi tumoro mek wi mek check-op."

"Okay docta. I go bring yi tumoro."

"No fia plenti, Seven-Plus-Wan get melecin."

"Na tru tok, docta?"

"Yes, if yu get yua moni yu go lif long wit Seven-Plus-Wan."

"Tank Papa God-o, Docta!"

"Bring yua wuman tumoro, yu yia. If yi tu get Seven-Plus-Wan, wi go helep wuna tu."

Docta Vaayi bi laik sey yi commot na fo beri-grong taim wey yi commot fo Docta Nfornyam yi ofis. Yi bend yi het fo grong den yi pas ol da nos dem sey veep! Hau yi go tori dis mata wit yi wuman fo haus? Da queshon bi na kanwa.

"Fada, bot weti choch fit do fo helep pipo wey dem dong get Seven-Plus-Wan?" Na so Wobenyi bi asam fo Fada Nortje.

"Na fain queshon, Wobenyi. Na queshon wey misef I dong tonam tonam fo ma het plenti taim bot I no get ansa.

"Wi choch pipo no fit jos sidon an den no do no natin fo helep wi own pipo wey Seven-Plus-Wan di quench dem," Na so Nyiloh bi tok fo Fada.

"Nyiloh, di ting wey yu tok na tru tok. Bot weti yu mimba sey choch fit do fo helep yua pipo mek dem fait dis bat sik?"

"Fada, di big wahala fo dis mata na ma pipo dia kontri fashon. If yu wan wan stop Seven-Plus-Wan fo dis kontri, yu mos chench kontri fashon fo ma pipo.

"Na tru Nyiloh. Yua kontri pipo dem get daso blak bush fo dem het," Na Fada Nortje bi tok da wan.

"Fada, yua tok na tru tok bot yu mos sabi sey ma pipo no fit lan somtin wey no man no ba chich dem," Na Nyiloh di tok nau fo Fada.

"Na tru, Nyiloh. Wi choch mos do somtin fo helep yua pipo. Sabi na pawa. Wi mos chich yua pipo smol tin dem wey dem no sabi," Na Fada Nortje bi tok dis wan.

"Laik weti, Fada?" Na Nyiloh di tok nau.

"Laik hau fo yus condom koret," Na Fada Nortje bi tok dis wan.

"Na som wan tin dat wey ma pipo mos sabiam," Na Wobenyi di tok so.

"Oh yes, na smol tin dem laik hau fo yus condom taim wey yu di knak kanda wey yi di kil yua pipo," Na Fada Nortje tok nau.

"Na tru, Fada. Wi mos tel dem sey if dem silip wit plenti wuman dem dem go katch Seven-Plus-Wan!"Na Katakis dong tok dis wan.

"Wi mos tel dem sey, dia bodi na God yi haus. Dem no mos put doti fo insai God yi haus," Na Katakis tok dis wan.

"Las bot not lis, yu mos tel yua pipo sey mek dem sabi God becoz God na Laif," Na Fada Nortje dong tok.

Chapter 11
Famla

Dis tori wey I wan knack'am fo wuna na som ma frend wey yi nem bi na Chefor bi tori mi an Ayeah taim wey wi di katch fish fo Blood River. Chefor bi laik fo knak tori taim no dey. Ol yi tori dem bi na daso tori wey di tok na abaut nyamfuka dem fo bush.

"Ma bro, no bi yu sabi sey nyamfuka fo bush dem laik fo knak mop plenti?" Na so Chefor bi bigin da yi own tori.

"Bo'o, tru tru I no bi sabi da wan."

"Wusai problem dey? Mek yu daso kop yua mop mek I tori yu da tori fo nyamfuka dem,"Na so Chefor bi tok fo Ayeah.

"Weti bi mek nyamfuka dem bigin knak mop fo bush?" Na so I bi asam fo Chefor.

"Oh, na long long tori bot di long an shot of da tori bi na sey eni nyamfuka bi daso tok sey na yi get sens pas ol nyamfuka dem fo bush," Na so Chefor bi tok.

"Bot na wu bi bigin da big mop? Na so I bi asam fo Chefor.

"Na wu agen apas Toroki? Na so wey Chefor bi ansa.

"Toroki! Weti Toroki bi tok?" Na Ayeah di as da queshon.

"Toroki sey yi get sens pas ol nyamfuka dem fo bush,"Na so Chefor bi tok.

"Aah, aah, aaaahhh! Yi foget sens Lion, king fo blak bush? Toroki mimba sey yi get sens pas Lion?" Na mi I bi as dis queshon fo Chefor.

"Oh, yes. Toroki sey Lion big na fo natin. Yi sey Lion no get sens atol atol," Na Chefor bi tori wi so.

"Eeh, eeh,eeh! Na tru sey mop no get Sonde-o!" Na Ayeah bi tok dis wan den yi laf sotai yi mop wan bluk.

"Mek wuna no laf ma kombi dem. Toroki bi get som yi plan,"Na Chefor tok so.

"Massa, lef wi da palava fo Toroki. Wich plan Toroki fi getam?" Na so I bi tok fo Chefor.

"No bi na mi dis I di tel wuna da tori?" Na Chefor di tok nau.

"Massa, tel wi da tori quik quik, no,"Na so Ayeah bi tok fo Chefor.

"Long long taim afta da big mop, no bi Toroki dong go waka Lion?" Na Chefor di tok nau.

"Heeeiiin! Weti Toroki go do fo Lion yi haus? Kongosa tin! Cheh, Cheh! Toroki na waa-o!" Na mi I bi tok da wan

"Taim wey Toroki bi enta Lion yi haus, lion as yi sey weti bring yu fo ma haus fo shap shap monin?" Na Chefor di tori wi so.

"Fain queshon! Weti Toroki bi tok fo Lion?" Na Ayeah dong as da queshon so.

"Toroki as Lion sey: Massa Lion, yu laik fo get moni laik shit o yu no laik fo get moni?" Na so Toroki bi asam fo Lion.

"Na yi Lion sey: Ah! Ah! Na wich kain foolish queshon yu di as mi so? Som man dey fo dis grong wey yi no wan fo get moni laik shit?" Na so Lion bi asam fo Toroki.

"Ah! Ah! Yu sef Massa Lion, I dong as yu na simpol queshon na yi yu tek cosh mi? Wasmata?"

"Mof dey! If yu get som plan wey I fit take'am mek moni laik san san, mek yu jos tel mi. No bigin as mi smol pikin queshon. Yu si mi laik chochoro?"

"Olright, Massa Lion, I nye sey yua sikin dong bigin hut fo dis palava. Mek yu open yua ear yu yia di tin wey I wan tok fo yu."

"I di yia, Massa Toroki."

"Mek yu yia fain fain-o!"

"I di yia; mek yu tok di tin wey yu wan tokam."

"Okay. Massa Lion, dis tin wey I wan tok fo yu na sekret-o!"

"Sekret?"

"Yes, na top top sekret bitwin yu an mi!"

"Olright, I sabi kip sekret."

"Okay. Lukam Massa Lion, som megan man yi haus dey fo kona dis Blood River."

"Megan man?"

"Yes, megan man wey yi fi mek wi get moni laik shit."

"Weti bi dis megan man yi nem?"

"Ah ha! I si sey da tori dong bigin shweet yu!"

"Tel mi da megan man yi nem, bo'o."

"Yi nem na Pa Matti."

"I no sabi da megan man."

"Wusai problem dey? Na mi I go hol yua han mek wi go fo Pa Matti yi kompaun."

"Wusai yi kompaun dey?

"Yi kompaun dey kona Mefibengeu River fo Vengo."

"Olright, mek wi go wich dey?"

"Mek yu no mek hori-hori bluk trosa-o! Pa Matti no di wok fo natin."

"Ah, mof dey! Som megan man dey wey yi di wok fo natin?"

"No bi I di tori daso?"

"Na hau much moni wey Pa Matti di takam?"

"Massa Lion, Pa Matti no di tek na moni."

"Weti yi di takam, if no bi moni?"

"Massa Lion, Pa Matti di tek daso blot."

Wich kain blot? Blot fo faul?"

"Ah ah ah! Blot fo faul! No! Pa Matti no di wok wit blot fo faul."

"Yi di wok na wit wich kain blot, no Massa Toroki?"

"Pa Matti di tek na daso blot fo pesin."

"Blot fo weti?"

"Blot fo pesin."

"Blot fo pesin?"

"Yes, Pa Matti di wok na daso wit blot fo pipul."

"Yi di krish fo yi het, Massa Toroki!"

"Weti yu min? No bi yu sey yu wan get moni like san san?"

"Yes , Massa Toroki, I wan get moni laik san san bot wusai I go tek blot fo pesin fo go gee megan man?"

"Massa Lion, I mimba sey yu get sens plenti bot yu no get sens atol atol!"

"Massa Toroki, if yu kam fo ma haus na fo kosh mi, beta yu hol rod yu ton bak fo yua haus bifo I bluk yua nek!"

"Ah ah!Massa Lion, hau yu tok laik sey yu dong vex so?"

"Hau I no go vex? Hein? Yu kam fo ma haus as mi sey yu wan get moni laik wata? I sey yes. Afta, yu sey I mos gee yu blot fo pesin. Dis tok na tok fo famla, I di tel yu!"

"Massa Lion, mek yu lukot yua mop-o! Yu cosh na wu sey famla?"

"Yu! Na yu I kosham!" Yu no dey fo famla?"

"Famla yusef, if na kosh!"

Fo da taim som ndomo bi wan commot fo Massa Lion yi haus. Bot Massa Toroli bi bend dong yi beg Massa Lion sey mek yi no ndomo yi. Taim wey Massa Lion dong vex finis, yi tok fo Massa Toroki sey ma kombi mek yu chus mi fo ma quik timba. Mek yu daso tori ma da yua sekret fo get moni laik shit.

"Ma fren, mek yu yia mi fain. If Pa Matti wan blot, mek wi gee yi blot fo wi mami dem."

"Weti? Blot fo wi mami dem? Yu di krish fo yua het!"

"No, ma kombi, no bi palava krish. Na palava nkap."

"Palava nkap! So foseka nkap yu go kil yua mami?"

"Luk ma fren, wi mami dem na ol pipo."

"Da wan min sey weti?"

"Ma kombi, weda yu meng yua mami nau o yu no meng yi, yua mami no go tay fo meng."

"So weti?"

"If yua mami bole wey yu no ba get moni yu go hang air."

"Yap, I si wusai wey yu di go."

"If yu gee yua mami yi blot jos nau, yi go bole bot yu go get nkap fo beri yi fain fain. Yu mos no foget sey dis palava na palava nkap. Yu di yia, no?"

"I di yia bot ma queshon bi sey hau wi go do fo get blot fo wi mami wey dem no ba quench?"

"Da wan na smol problem! If yu gring fo meng yua mami I go tel yu ma plan."

"I dong gring!"

"Wandaful! Na tru sey Lion get sens taim no dey!"

"I sabi sey I get sens bot ma sens no rich yua own."

"Ah! Ah! Smol Toroki yi big sens pas Lion yi sens?"

"I mimba so."

"Bo'o, hau wi go do bifo wi gee blot fo wi mami fo Pa Matti?"

"Da wan na smol bisnes."

"Hau na smol bisnes?"

"Wi go tel wi mami dem sey wi dong go fo ngambe man, an da ngambe man dong tok sey hau wey wi mami dem di sik plenti plenti, mek wi mos tek dem go wash dia sikin fo Blood River."

"Dis wan na wandaful plan!"

"I bi tel yu sey yu go laik ma plan!"

"Da plan no bat!"

"No! Yi no bat atol!"

"Hau wey yi bi so, hau wi go manaj bifo wi get blot fo wi mami dem go gee'am fo Pa Matti?"

"No wori! I go bring tu long shap knaif dem fo shap shap fo da dey."

"Papa God-o!!"

"No fia ma frend, yu mos sabi sey jandre get yi own praiz, heh?"

"Yu dong tokam finis, ma kombi. Moni get yi own praiz."

"Ma frend, di tin wey yu no ba tel mi na hau Pa Matti go get di blot fo wi mami dem taim wey wi dong meng dem."

"Na ezi mata. Taim wey da dey go rich, Pa Matti go tanap fo daun fo Blood River wit kalaba fo yi han. Taim wey wi dong kot nek fo wi mami dem, blot go waka fo on top wata go enta fo Pa Matti yi kalaba."

"I si."

Eni hau, da dey rich Toroki tel Lion sey mek yi tek yi mami go tanap fo dong fo Blood River fo kona Pa Matti. Toroki tel Lion sey yi sef sef go tek yi own mami go tanap na fo up fo Blood River. Hau wey Lion no bi sabi di koni wey Toroki bi wan mekam, yi jos gring sey eh hein!

"Da dey kam rich, Toroki tok fo Lion sey hau wey yi go dey fo dong an Toroki go dey fo up Blood River, mek Lion daso wet fo si blot fo Toroki yi mami wey yi di waka fo ontop wata di kam dong," Na Chefor di tok nau.

"Ah ah! Weti Lion bi do taim yi bi si blot fo Toroki yi mami fo on top wata fo Blood River?" Na Ayeah bi as dis queshon.

"Taim wey Lion bi si ret wata wey yi di waka kam dong, yi jos kot nek fo yi mami wit knaif sey whamm!" Na so Chefor bi knak di tori.

"Barlok-o!" Na so I bi krai.

"Popo barlok-o. Bot wuna sabi somtin?" Na Chefor dong tok dis wan.

"Nooooo!" Na so ol wi wey wi bi di yia da tori wi bi ansa.

"Toroki no bi kil yi mami atol."

"Weti? So na wusai yi bi get blot?" Na so I bi asam fo Chefor.

"Toroki na Toroki! Yi bi go grain bundu kam mash'am insai Blood River," Na Chefor bi tok dis wan.

"Hein? Da min sey da ret wata wey Lion bi see'am bi na bundu?" Na Ayeah as da queshon.

"Yes. Toroki no bi kil yi mami atol!" Na Chefor bi tok di wan.

"Lion bi eva sabi sey Toroki bi do yi na wayo?" Na so I bi ask Chefor.

"Oh yes! Da veri nait, Lion bi go si Toroki fo yi haus fo as yi sey na hau yi go get da yi own moni," Na Chefor dong tok dis wan.

"Okay. Taim wey Lion rich fo Toroki yi haus, weti hapin?"

"Taim wey Lion enta Toroki yi haus, na Toroki yi mami dat sidon fo kona faya di kuk fufu."

"Wuooo! Wuooo! Na weti Lion bi do?"Na so wi ol ton as Chefor.

"Lion yi hat cut an den yi fol dong dai wan taim," Na so Chefor bi finis da wandaful tori.

"Weh-heh!!!! " Na so Ayeah bi krai yi own.

Mi I bi krai ma own sey sens pas king! Famla na wa-oh!

Chapter 12
Mami-Wata

Dubeh bi knak dis toli fo yi kombi dem taim wey dem bi tanap fo kona fo Wouri River dem bigin katch fish. Nem fo da yi kombi dem bi na Yebong, Kombeuh an Mbionyi. Da dey bi na Satude an yi bi na fain dey. Wind bi di pas an bet dem bi di krai fo bush. Na yi wey Dubeh bigin fo tok yi toli.

"Long long taim ago, som wan-ai man bei de fo dis village," Na so wey Dubeh bi tok sotai yi lik yi mop.

"Wan ai-man?" Na so yi kombi dem bi asam.

"Yes, ma kombi dem. Dis man bi get na wan ai." Na so Dubeh bi tok da yi toli.

"Weti bi nem fo da wan-ai man?" Na Yebong bi as dis queshon foDubeh.

"Da man yi nem bi na Massa Wambu," Na so wey pipul bi di kol yi.

"Wambu na fain nem bot I di wanda sey weti dis nem rili min, no?" Na Mbionyi bi as dis queshon.

"Bo'o, misef I no sabi," Na so Dubeh bi ansa yi kombi dem.

"Som taim Wambu min sey dat man bi na nyanga man?" Na Kumbeuh bi tok dis wan.

"I dong tel wuna sey I no sabi,"Na so Dubeh bi tok.

"Hau wey yo no sabi, mek wi gee yi nem nau-nau," Na so Yebong bi tok.

"Hau yu go gee yi nem na-na? Na yu bon yi?" Na so Dubeh bi tok an yi tai face laik sey yi dong vex na fo vex.

"Mek wi lef dis palava fo nem so. Toli wi daso,"Na Kumbeuh bi tok so.

"Weti bi do da man yi los wan ai? Yu sabi o yu no sabi?"Na Mbionyi bi as dis queshon.

"Dem sey da yi ai na som fish bi bitam taim wey yi di katch dat fish fo Wouri River,"Na so wey Dubeh bi tok fo yi kombi dem.

"I no check sey yu di tok na tru?" Na Kumbeuh bi tok dis wan.

"Weti yu min? Yu check sey mi I di tok na lai-lai toli?"

"Massa, knak wi dat toli daso. Man no laik'am mek yi go hang!" Na Yebong bi tok so. Taim wey yi tok so yi bigin ton ton laf som koni laf.

"Yi hang yi go quench," Na Kumbeuh bi tok so.

"Yi go quench fo natin," Na so Yebong bi tok.

"Massa, mi I di tel wuna sey da Massa Wambu bi katch fish wey yi di chop pipul. Na da fish bi bite yi wan ai mofam," Na Dubeh bi toli.

"Woyooh! Woyooh! Da wan na popo barlok!" Na Yebong bi tok so.

"Na popo ndutu," Na so Kumbeuh bi tok yi own.

"Massa, I mimba sey yi fain mek wi commot fo hia. I no wan los ma wan ai-oh!" Na so Yebong bi tok yi own. Taim wey yi tok so yi tek yi tu trong-trong han dem kop yi ai dem wetam.

"Hau wi go jos commot so? Wi no go dai ngri if wi commot fo hia wey wi noba katch fish?" Na Mbionyi bi tok dis wan.

"Na so I si di palava. Mek wi bigin trai daso. I laik ma ai bot I no wan dai ngri," Na Yebong bi tok so.

"I gring gee yu,massa. Na wu wan dai ngri?" Na Dubeh bi tok dis wan.

"I sey eh? Dis yua wan-ai man so, yi bi get wuman fo yi haus?" Na Kumbeuh bi as dis queshon fo Dubeh.

"Wusai? Wu dash monki banana?" Na so Dubeh bi ansa Kumbeuh.

"No nkane fo yi haus?" Na Yebong di wanda nau-nau.

"Atol! atol! Da man no bi get yi wuman fo yi haus,"Na Dubeh bi ansa so.

"Hau meni yie yi bi getam fo dis grong?" Na Mbionyi bi as dis queshon.

"Da man no bi ol plenti; daso foti yie fo dis grong," Na so wey Dubeh bi tok fo Mbionyi.

"Onli foti yie ol bot yi no get wuman fo yi haus?" Na Kumbeuh bi toli dis wan."

"Massa, maret na ba fos?"Na so Mbionyi bi tok so.

"I sabi sey maret no bi ba fos bot mek yu mos sabi sey maret di bring plenti respek," Na so Dubeh bi tok yi own.

"Na tru tok yu dong tok so. Ma bik-papa bi sabi tok sey man-pikin wey yi no maret, na sansanboi," Na so Yebong bi toli yi own.

"Som tok no pas da wan. Yua bik-papa bi get sens taim no dey," Na so Dubeh bi tok.

"Da Massa Wambu dong dai o yi til dey?" Na Mbionyi bi as di queshon.

"Di man bi dong bole,"Na so Dubeh bi tok.

"Yi bi maret bifo yi bole?" Na Mbionyi bi as dis queshon.

"No, mami –Wambu bi dinai fo dai wey yi noba si pikin fo yi pikin," Na so Dubeh bi tok.

"Na sens wuman dat!" Na Yebong bi tok so.

"Hau wey ol man-pikin an wuman-pikin fo da Mbolo village bi laik Mami-Wambu, fo fain wuman fo yi pikin no bi na big palava, "Na Dubeh tok dis wan.

"Mami-Wambu bi fain ngondele fo yi pikin?"Na Kumbeuh bi as dis queshon.

"Oh yes! Smol smol katch monki," Na so Dubeh bi tok.

"Mami-Wambi bi go si som fain fain wuman-pikin fo Mambim village. Da ngondele yi sef bi di waka fain man-pikin fo maret'am," Na so Dubeh bi tok.

"Wandaful-oh! Na so gulok dey-o!" Na so Dubeh yi kombi dem bi krai wan taim.

"Weti bi nem fo da ngondele?"Na Yebong bi as dis queshon.

"Yi nem bi na Princess."

"Na popo nem dat!" Na so Kumbeuh bi tok.

"Oh yes, Princess bi na mondial ngondele," Na Dubeh bi tok dis wan.

"So, Massa Wambu an Princess bi maret fo court?" Na Yebong bi as dis queshon.

"Atol! Massa Wambu an Princess no bi eva put fut fo kot," Na Dubeh bi toli dis wan.

Dubeh yi bi tel yi kombi dem sey Massa Wambu an Princess bi mek na kontri fashon maret. Yi sey pipul fo Wambi dem village no di eva put fut fo choch sey dem di go maret. Dem di daso maret fo het-kwata yi haus. Da mean sey if man-pikin dong chus yi wuman, papa an mami fo dat man-pikin go kari ten goat, twenti chiken, wan kwa fo solt, tu basket fo kaori an plenti mimbo go giam fo papa fo da ngondele. Afta, dem mos go mitop het-kwata wit wan botul fo majunga an plenti bita-kola. Taim wey het-kwata dong tek ol da ting dem, yi go put hand fo het da ngondele an yi massa fo bless dem. Taim wey het-kwata dong bless dem, toli finis! Dem dong bina man yi na yi wuman.

"I rili laik dis kain maret. No wahala atol!" Na Yebong bi tok dis wan.

"Yu sey dem di gee ol da ting dem daso fo papa-pikin; hau fo mami-pikin? Weti yi di getam?"

"Mami-pikin no di get yi plenti ting dem.Mami pikin di daso get na tu rapa, ten kukin pot, wan blanket, faif bondu fayawut an wan mukuta bag fo mbonga," Na Dubeh bi tok dis toli.

"I no bi sabi ol dis ting dem wey yu di toli fo wi so," Na Kumbeuh bi tok dis wan.

"I sabi sey yu no sabi ol dis ting dem; na yi mek I di toli wuna,"Na so Dubeh bi toli yi kombi.

"Afta Massa Wambu an Princess bi go maret fo het-kwata yi haus, wetin hapen?" Na Mbionyi bi as da wan.

"Ma mami- eh! Massa, na wich kain queshon dat wey yu di asam? Man-pikin an wuman-pikin dem di maret na fo do weti?" Na Dubeh bi as dis queshon.

"Dem di maret na fo bon pikin dem no,"Na Yebong bi ansa da Dubeh yi queshon.

"Massa Wambu an Princess bi bon pikin?" Na Mbionyi bi as dis queshon.

· "Da wan na di wuo-wuo sai fo dis toli," Na so wey Dubeh bi ansa Mbionyi yi queshon.

"Wuo wuo na hau, no massa?" Na Yebong bi as dis queshon.

"Wuo wuo bikos tain yia afta maret, Massa Wambu an Princess no ba bon pikin," Na so Dubeh bi tok.

"Wai dem no bi bon pikin? Dem no laik pikin?" Na Kumbeuh bi as dis queshon.

"Fo laik pikin, dem bi laik pikin taim no dey bot pikin no bi laik dem," Na so Dubeh bi tokam.

"Weti yu min?" Na Yebong bi as dis wan.

"I min sey pikin no bi di tanap fo Princess yi bele," Na Dubeh tok so.

"Yu min sey Princess no bi fit get bele, o sey yi bi di get bele mofam?" Na Mbionyi bi as dis wan.

"Princess no bi fit get bele! Wuna no di yia somtin?"

"Yi bi go fo si dokta?" Na Yebong bi as di queshon.

"Docta! Na wich kana docta wey Princess na yi man no bi go siam?" Na Dubeh di toli so.

"Yi man yi mista jacob bi di tanap?" Na Kumbeuh bi as di queshon. Taim wey yi dong finis asam, na so ol yi kombi dem bos laf.

"Yes, dokta dem bi luk Massa Wambu an den tel yi sey massa yua bangala di tanap fain fain. Mek yu knak kanda sotai yu bon pikin, sah" Na so Dubeh bi tok fo yi kombi dem.

Fo kot di long toli shot, Dubeh bi tel yi kombi dem sey Princess no bi fit bon pikin becoz yi bi na mami-wata. Yi sey mami-wata no fit bon pikin wit man.

"Hau pipul fo da kwata dem bi sabi dis toli?" Na so wey Mbionyi bi asam.

"Hau wey Ma Wambi bi dong wet pikin taya, na yi wey yi go fain ngambe man. Da ngambe man bi tel Ma Wambi dis toli," Na so Dubeh bi en da yi own toli.

Chapter 13
Feyman

Mola an nyango dem, no bi wuna sabi sey fo dis wi own kontri fo Ongola, feyman dem dey boku? Oh yes! Mek wuna no mek erreur, tara. Fo di wi own Clando Republic feyman dem dey kain kain. Wi get feyman wey na sauveteur; wi get feyman wey na clando draiva. Sef *bendskinneur* dey wey na feyman. Wi get feyman wey na mbere; wi get som wan dem wey na zangalewa. Fo Ongola, feyman dey sai bai sai. Sef fo choch, feyman dem fullup fo de. Wi get fada wey na feyman. Som bishop dem sef na feyman. Mek wuna no laf. Dis toli wey I di knak so na tru-tru toli; no bi palava fo laf. Yi dey laik sey God fo Ongola yi sef-sef dong gri da palava fo feymania. No bi na popo barlok dat? Yu wan go fo Mokolo maket, feyman dey fo dey. Yu go fo kouloulou maket, feyman dem fullup fo dey. Yu go fo munya maket, yu go daso nye feyman dem fo dey. Feyman dem dong ton bi na moskito wey yi no di yia twef.

Bot, mek wuna no mimba sey na daso feyman dem dey fo wi own kontri. Feywuman dem boku fo Ongola. Popo wi own First Lady na feywuman. Ashawo Feywuman kawe! I di tel yu! Feyman fo Ongola na kam-no-go. So no, dis toli wey I wan knakam fo wuna na toli fo som feyman wey mbere bi put yi han. Di toli misef I bi yiaram na fo Jason yi kombi wey yi nem bi na Ni Samba. Nem fo dat feyman bi na Jason Kwanda. Jason bi get ndo laik shit! Som man no bi dey fo Nutenege taun wey yi no sabi Jason. Jason bi dey laik minista. Taim wey Jason di pas ol man di commot fo rod. Yi moto bi na daso spot car. Agogo wey yi di putam fo yi han, na daso gol; I di tok na popo gol, no bi lofo! Chaka fo Jason yi fut bi na daso Pierre Cardin. Jason enta fo off-license ol man di tanap fo up, dem bigin tok daso sey 'welkom gran!' yi di zhon na Becks Beer. Swit-mimbo no bi di tosh Jason yi mop. No wan dey!

Ol man fo kwata bi di kol Jason na Gran Shaka.Hau wey Jason bi get nkap laik wata na so nkane dem bi di fol fo yi bak laik nkene-nkene. Bot, Jason no bi di wes yi taim wit som nga. Di feyman bi na daso chuk-am-pas. Chei! Moni gut-oh ma broda! Eni hau, na som man bi tok yi ting sey nainty-nain dey fo tif man, wain dey fo di owna. Oda man tok sey arata dai, na yi mop mekam.

"Taim wey mbere dem bi kam knak domot fo Jason yi long bi na twef fo midru nait,"Na so Ni Samba bi toli mi.

"Weti Jason bi do bifo mbere dem kam fo yi haus fo midru nait?" Na so I bi asam fo Ni Samba.

"Dem sey Jason bi shut som mbere wit yi AK.47."

"Yemale! Di mbere bi dai?" Na so I bi asam fo Ni Samba.

"No, di man no bi dai,"Na so Ni Samba bi tok.

Hau wey Ni Sambi bi na Jason yi trong kombi, dem tu bi di silip na fo insai wan long. Taim wey mbere dem bi kam fo put han fo Jason, Ni Samba bi dong commot outsai fo go pis. Wuna mos sabi sey fo wi own kontri, wi no di pis fo haus laik oyibo; na fo outsai wi di pis. Di mbere dem wey dem kam fo kash Jason bi na tri.

"Put yua han dem fo up nau! Na yu bi Jason Kwanda?" Na so mbere dem bi krai fo Ni Samba yi het taim wey yi bi don pis finis yi wan ton bak enta fo haus.

"No sah, ma nem na Ni Samba,"Na so Jason yi kombi bi tok fo da mbere dem. Yi han dem bi dey daso fo up taim wey yi di ansa da mbere dem.

"Wusai Jason dey? Go insai shu yi fo wi, quik quik! Yu sabi ples wey Jason dey, Swain!" Na so mbere dem bi kosh Ni

Samba. Dem wan di tok so dem di posh yi wit dia han. Dem bi put hankof fo yi tu han dem.

Hau wey mbere dem bi dong put hankof fo Ni Samba yi hand dem, yi tek dem go shu dem rum wey Jason di silip. Tu mbere dem bi jum insai Jason yi rum. Som wan fain ples wey lam dey dey yi tonam lit kam.

"Jason no de! Wusai Jason dey yu shumbu?" Na so da mbere bi hala.

"Sah, I no sabi wusai wey Jason yi dong go," Na so Ni Samba bi tok fo da mbere dem.

"Weti yu min? Yu nyamfuka! Yu di silip wit yua kombi fo haus bot yu no sabi ples wey yi dey fo midru nait?" Lai ngong dog!

"Chef, I no sabi. Taim wey I wan commot go pis, Jason bi dey fo yi bed yi di silip," Na so Ni Sambi bi tok fo da mbere.

"Yu tif dog!" Na so da oda mbere yi bi kosh Ni Samba.

"I no di lai, chef. I di tok na ma tru," Na so Ni Samba bi tok.

"Weti bi yua own wok?" Na so wan of di mbere dem bi as Ni Samba.

'I bi bendskin draiva, chef," Na so Ni Samba bi tok fo da mbere.

"Shu mi yua draiva license," Na so di mbere bi tok fo Ni Samba.

"I de fo ma rum, chef," Na Ni Samba di tok nau.

"Wusai yua rum dey?" Na di fat mange-mille bi as da queshon.

"Na ma rum dat, chef," Na so Ni Samba bi tok fo di mbere.

"Ton raun tek mi go fo yua rum nau!" Na so di lon lon mbere kaki bi hala fo Ni Samba yi het.

Hankof dem bi dey daso fo Ni Samba yi han dem. Taim wey yi bi open yi domot lef smol da mbere fo fol fo grong. Simel fo banga kam lok mbere yi nos sey koop!

"Yu facking idiot! Weti yu di smok fo dis haus, eh?"

"I di smok na malboro chef,"Na so Ni Samba bi tok fo di mange-mille.

"Yua mami pima! Nweeeng…nweeeng, Nweeeng…! Dis simel wey I di yiaram so na simel fo malboro? *Espèce de con*! Yu check sey I bi mumu laik yu, tif-man! Stupit ful!" Na so da mbere bi kosh Ni Samba.

Taim wey yi don kosh yi finis, yi bigin mof ol ting fo Ni Samba yi rum di trowey fo outsai— Kwa fo kontri cloz, dros, shot-trosa, moskito net, chaka, bow-tie, tie-het,smol kwa fo banga, cocaine, heroin, ten passpot fo Kamerun, Naigeria an Gabon, Amerika dollar, South Afrika Rand, Japanis Yen, British pound, agogo, wiski, machin fo mek moni… Taim wey mbere kam put ai fo smol bondu wey na kolo dem fullup fo insai, mbere tekam bot yi no trowam fo outsai. Yi put'am fo yi kwa.

"Tif-man, tif mange-mille! Mek yu lef ma moni-o! Lef ma moni-o!"Na so Ni Samba bi hala fo da mbere yi het.

"Shorop! Ninga! Open yua mop agen, mek I shu yu pepe!" Na so da mbere bi tok fo Ni Samba.

"Shu pepe fo wu? Fo mi? Yu di krish fo yua het, tif mbere laik yu!" Na so Ni Samba bi hala.

Hau wey da mbere bi daso di kip ai fo moni, Ni Sambi mof yi shot gun nayo nayo bikos hankof bi dey fo yi han. Wan taim, yi shut yi shot gun sey pam! pam! Bullet kash da mbere fo yi het an yi bele. Mbere fol daun an den blot bigin commot fo yi mop laik wata.

"Woyo! Woyo! Yi dong kill mi-oh!" Na da mbere di krai so.

Da oda tu mbere dem bi dey daso fo insai Jason yi rum dem di chakara kako. Taim wey dem yia krai fo Ni Sambi yi rum, dem lef ol ting fo grong dem run go fo insai Ni Samba yi rum.

"Wasmata? Wandful ting! Aati! Na wu shut dis man? Eh, yu dog? Na wu shut yi?" Na so da drai-drai mange-mille bi asam fo Ni Samba. Yi wan tok so wey yi dong mof yi own gun yi putam fo Ni Samba yi het.

"Chef, I no sabi ting wey yi pas. Misef I di wanda sey na weti hapen? I daso yia hau wey gun hala pap pap!," Na so Ni Samba bi tok fo da mbere.

"Yu lai! Tok tru bifo wi kil yu! Na wu shut dis man?"

Ni Samba wan open mop fo tok agen, da mbere shut yi tu taim fo yi fut. Ni Samba fol fo on top da dai mbere bot yi no dai.

"Weti wi go do nau?"Na so da oda mbere bi as yi kombi.

"Kol ofis kwik kwik mek dem bring wi wan ambulance,"Na so di oda mbere bi tok.

Hau wey di mbere dem bi waka na fo fut kam fo Jason yi haus, dem bi get fo kol dia ofis sey mek draiva bring moto mek dem kari da dai-bodi fo mbere go witam fo dai-bodi haus. Na tru sey Jason yi haus bi daso tu mail from polis steshon bot dem bi get dai-bodi an Ni Samba fo kariam.

"Alo!Alo! Na wu dey fo telefon," Na so da mbere bi tok fo telefon.

"Alo! Oga,na mi Martin Ngala dey fo telefon," Na so draiva fo polis moto bi ansa di telefon.

"Martin, na mi Commissiare Awontu di tok. Mi an Constable Ayessi dey fo som feyman yi haus bot wahala dey," Na so Commissiare Awantu bi tok fo di draiva fo polis van.

"Oga, na weti di pas?"Na so Martin bi asam.

"Sagen Muluh don dai."

"Weti? Oga, I no ba yiram fain?

"I sey Sagen Muluh don dai."

"Womeh! Womeh! I no wan yia da kaina ting-oh! Weti do yi, oga?"

"Tif man dong shut yi kilam,"Na so Commissiare Awantu bi tok fo yi draiva.

"Barlok-eh! Popo ndutu-oh!" Na so Martin bi krai yi own.

"Martin! Martin! Lisen!"

"I di yia yu fain fain, Patron."

"Mek yu tek ambulace kam gee mi, kwik,kwik yu yia?"

"I dong yia, oga. Di problem bi sey zuazua dong finis fo moto.

"Weti! Zuazua dong do weti?"

"Moto drai laik Sahara Desert, Patron."

"No petrol fo moto?"

" natin, oga. No evin wan drop no rimen."

"Martin, lisen. Tek da moto commot. Eni clando wey yu see'am fo rot, katcham. Mek yi choko. I wan da moto fo hie wit zuazua fo insai! Commot kwik kwik!"

"I dong yia, oga."

Chapter 14
Mbere-Kaki

Taim wey Francis Ngwa bi komot fo yi haus da dey fo shap shap fo go do yi clando bisnes yi bi check fo yi het sei bat as yi bat yi mos fain moni wey yi go fit pe Massa Jo an den kip som simol chench fo bai gari fo yi pikin dem fo haus, den put simol ndo fo tontine. Massa Jo bi na Francis yi patron. Francis bi na nyanga boi. Yi bi di daso sap na wit wait trosa an wait shet. Dina Bell cap bi dey fo kona yi raund het. Yi tenis shus bi na daso da kain wan wey Michael Jordan fo Amerika bi di putam fo yi fut. Francis yi clando moto bi na wan-in-taun—klin sotai taim no dai. Dat dei wey yi bi commot bi na Sonde. Francis dong wekop fain wata wash yi fes fain fain, den yi klin yi moto wit wata an omo. Afta dat, yi jum fo insai yi moto draivam nayo nayo go tanap fo Carrefour fo Etog-Ebe fo fain client dem. Na fo dey wey plenti pipul bi sabi kam tanap wet clando fo go wok o maket. Francis bi tanap fo da carrefour sotai fo tu hawa bifo sum tu pipul dem kam enta fo yi moto.

"Massa, wusai wuna di go?" Na so Francis bi asam fo da pipul.

"I di go na fo Briqueterie,"Na so wan man bi tok fo Francis.

"Mi, I di go ma own na fo Nlongkak," Na da oda man bi tok so.

"No, massa. Da ples fawe plenti," Na so Francis bi tok fo da man.

"Weh-heh! Massa, lefam mek I *proposer,* no?"

"Hau mosh yu *proposer*?"

"Faif wit no chench."

"Problem no dei. Wuna sidon mek wi go."

Taim wey da tu pipul dem bi sidon fo insai da moto, Francis put faya bigin flai laik sey yi di draiv na *avion*. Sef man wey yi yia na wuowuo nius no fit ron na so.

"Heh! Heh! Heh! Massa, if na so yu di draiv, I beg mek yu put mi fo dong I beg, I go tek oda moto," Na so da client fo Nlongkak bi tok fo Francis. Di man wan tok so wey yi dong open windo fo da moto yi bigin mek laik sey yi wan jum fol fo outsai.

"Massa, na weti yu di do so? Lef mi da fia fia palava. Yu bi na simol pikin? Weti yu di fia plenti so?" Na so Francis bi ansa da man.

"I sey lef mi fo hia! No mof fut agen!"Na so da man bi di knak mop fo Francis. Yi wan tok so yi dong bigin sen fut fo outsai yi di mek laik sey yi wan jum fol outsai.

"Massa, no bring mi barlok fo shap shap–eh! Weti yu di mek so? Yu wan mek mbere-kaki katch me?"

"Barlok yu tu if na kosh! Wuna Anglo dem wuna no fain! I no get wuna confiance atol!" Na so dat man bi tok fo Francis.

"Lok yua mop! Wuna frok dem, na beta dey wuna? Salaud!" Na so Francis bi ansa da man.

"Mbut! Yu kosh me, Dieudonné?

Hau wey Francis bi dong vex kwata kwata yi draiv yi moto go fo som kona rod yi stop fo de. Bifo yi wan stop engin fo moto, da man bi dong jum fo outsai yi bigin mek laik sey yi wan ron go yi. Francis ron fo yi bak kacham fo yi nek. Yi slap yi faiv taim fo yi fes bifo yi tel yi sey mek yi gee yi moni bifo yi mof fut fo da ples wey yi tanap.

"Yu sey mek I gee yu moni fo weti, *espèce de bandit*?"

"Bandit yu tu! Yu no enta ma taksi?"

"I dong enta yua taksi bot na Nlongkak dis?"

"No bi na yu sey yu wan commot fo hia?"

"Yes, yu wan kil mi fo weti?"

"Kil yu hau? Tif man! Yu wan ron wit ma moni sey I wan kil yu! Kil yu hau?"

"Kil me wit yua moto, monki!"

"Yua mami pima! Yu kosh na wu sey monki?"

Francis tok so den gee da man tu slap fo yi fes agen. Blot bigin commot fo yi mop. Da man mof som djim krai.

"Dis *mon Bamenda* wan kil mi-o! Wuna kam helep mi-o!"

Som mbere-kaki wey yi bi di pas yia da krai. Yi ton kam fo da ples fo si sey wasmata. Francis an da man bi dey fo grong dem di bit sikin laik dog dem.

"Stop ! *Arrêtez*! Na mi *officier* Atangana. Na weti di pas fo hia?" Na so da mange-mille bi asam.

"Chef, na dis client bigin fain palava," No so Francis bi tok fo da mbere-kaki.

"Weti bi ya nem?" Na so da mbere bi asam fo Francis.

"Ma nem na Francis, chef," Na so da draiva bi tok fo mange-mille.

"Francis wu? Pope Francis?" Na so mbere bi tok fo Francis.

"Francis Ngwa, chef," Na Francis di tok fo mbere so.

"Gee mi ya buk fo moto, *vite! vite!*"

Francis go fo yi moto mof ol buk fo yi moto kam giam fo da mbere. Da mbere put Francis yi buk dem fo yi kwa. Den yi ton fo da oda man.

"An yu! Weti bi yua nem?"

"Ma nem na Dieudonné Mbarga, chef," Na so wey da man bi tok yi nem fo mange-mille.

"Weti yu di wok?"

"I di wok na sauveteur, patron," Na so da man bi tok fo di mange-mille.

"Na fo wusai yu di wok sauveteur?"Na mange-mille di tok nau fo da man.

"Fo Mokolo maket, chef," Na so da man bi ansa mbere.

"Gee mi ya identiti,"Na so mbere bi tok fo da man.

"I no get identiti, chef' Na so da man bi ansa mbere.

"Weti? Hau ol yu bi?"

"Twenti-faif yie, chef."

"Twenti-faif yie, bot no get identiti,"Na mange-mille tok so.

"Shu mi yua tu hand dem," Na so mange-mille bi tok taim wey yi di put hankof fo da man yi han dem.

"Weti I dong do no, chef?"Na Dieudonné bi as da mbere so.

"As mi da queshon taim wey wi dong rich polis-steshon," Na so mange-mille bi tok fo Dieudonné.

Taim wey mbere dong put hankof fo yi han finis yi push yi throway fo dong sey mek yi sidon fo grong. Den da mbere ton bak fo Francis.

"Mon ami, dis moto di go fo *fourrière* if yu no tok fain," Na so mange-mille bi tok fo Francis.

'Chef, yu wan sey mek I tok na hau? No bi I dong gee yu ma buk dem?" Na so Francis bi asam fo mbere-kaki.

"Buk! Buk! Som man tel yu sey chef di chop buk?"Na so mbere-kaki bi tok fo Francis.

"Chef, na ma fes client dis sins monin bot yi dong dinai fo gee ma ndo, yu want sey mek I gee yu café na hau?" Na so Francis bi tok fo da mbere.

"Na ma problem? I dong tel yu, no café no buk!"

"I beg no, chef. I go gee yu café afta, *dans l'après-midi*."

Non!Non! I no sabi yu! Yu fit ron I no go si yu agen!"

"I swear to God an Allah, chef. I no go run atol."

"Dis donc, no los mi tam! Yu di gee café o yu no di gee café? Mi I go tek yua buk go fo ma ofis-oh!"

Francis bi check fo yi het sey if dis mbere-kaki ton ton so tek yi buk dem go fo yi ofis, wata go pas gari. Na yi wey yi put yi rait han fo insai poket fo yi trosa, yi mof kolo ton gee da mange-mille. Taim wey mbere-kaki dong si moni, yi bigin laf laik kau. Na so mange-mille dem fo Ongola dey—dem laik kolo yi dey laik Satan laik dai-bodi. Mange-mille no di eva gi som man somtin. Yu go fo mbere-kaki yi haus, yi go as yu sey, *tu m'as amené quoi?* Mbere kam fo yua haus, yi go as yu sey, *tu m'as gardé quoi?* Na so wi own mbere fo wi own kontri dey—daso tekam; no wan dey wey dem go gi yu somtin Neva! Mbere fo Ongola dem bi laik lantrine.Popo leh-leh pipul.Taim wey mbere dong tek da oda man bigin go fo polis-steshon, Francis jum fo insai yi moto, na go bi dat!

Taim wey Francis ton bak fo yi moto da oda client bi dong poum. Barlok dey na barlok dey. Francis draiv yi moto laik faif mail bifo som man brek yi moto.

"Na wusai yu di go, massa," Na so Francis bi asam fo da man.

"I di go na fo Carrière, massa," Na so da man bi ansa Francis.

"Okay, jum fo insai moto mek wi bigin go,"Na so Francis bi tok fo da man.

"I salute-oh! "Na so da client bi salute Francis.

"I salute-oh ma bro,"Na so Francis bi salute da client.

"Na hau, no massa?" Na so da client di tok fo Francis.

"Massa, no bi mi dis. Man no die man no rotin," Na so Francis bi ansa yi.

"Weti bi yua nem, mola?" Na so da client bi as Francis.

"Ma nem na Francis," Na Francis bi tok so fo yi client.

"Ma nem na Johnson Frundeh."

Francis draiv smol den yi enta som big big pothole wey wata bi fullup fo insai.

"Jesus of Nazareth! Si rod wey wi di draiv dey fo dis wi own kontri!" Na so Francis bi hala.

"Ma broda, lefam so," Na so Johnson bi tok yi own.

"I no go lefam so, ma bro. If wi daso lefam so, na wu go fixam?"

"Kontri man, somtin pas yu, mek yu lefam so."

"No, ma bro! Wi dong ova kop nye fo di kondre."

"Na tru, massa! Mbere tif yua moni, dem go daso sey mek yu lefam so!"

"Zangalewa wip yua las, dem go sey mek yu lefam so."

"Yes-oh! Ma broda, I dong yia da folish mokaju tok sotai I check fo ma het sey dis kondre dong rili die rotin finis!"

"Wi di soso pe *impôt* bot wi no di si weti wey impot di do fo wi."

"Na so-oh ma bro! *Impôt* di enta na fo katika dem poket."

"Tax collector tif ol gomna moni go kipam fo insai yi bank akaunt fo Switzerland, dem go daso sey mek yu kop nye."

"Gendarme sey yu mos gee Makala-pati, dem go daso sey mek yu lefsam so."

"Yes-o, ma broda! Bot mi I no go lefam so. Eni ting get yi taim!"

"Taim fo do weti?"

"Taim fo chench."

"Dis palava dong pas mi, bro. Dis kontri mos chench!"

"An wi get som yeye katika fo Etoudi wey yi no di do natin fo mof yi kontri fo shit."

"Da nonsens President-Kam-No-Go na Satan!"

"Na tru, ma broda. Pa Paul na ninga fo Toubab dem!"

"Na tru-o, ma broda. President Sit-Tight na boy boy fo French pipul."

"Na di ting yi mek dis wi own kontri di go na bak bak!"

"Wi no get sef rod fo draiv dey fo Kontri."

"Natin ma bro! Ol wi rod dem na trap dem!"

"Oh yes, ma broda. Sef oya wi no getam. Ol wi oya fo Sonara na French pipul dem getam."

"Ma bro, da sumbu katika dey fo Etoudi wit da yi ashawo wuman dem di daso chop pipo dem moni fo natin!"

"Fuckin' batard!"

Na so wey Francis an Johnson bi kosh Pa Paul sotai dem enta fo Carrière.

Glossary

A

Abaut: about

Achu: staple food of people from the Northwest region of Cameroon. It consists of pounded cocoyam, generaly eaten with yellowish soup

Achu haus: restaurant where achu is cooked and sold

Achu sup: yellowish soup with which achu is eaten

A di kam: I'll be back

Afofo: strong locally brewed alcoholic drink

Afrika: Africa

Afta: after, then

Agbada: gown with embroided neck generally worn by Muslims in Africa.

Agen: again

Aitem-eleven: food service at a party

Akanwa: rock salt rich in sodium and potassium

Akara: small fried balls made out of beans

Akaunt: account

Aks: ask

Aksiden: accident

Akwara: prostitute

Alata: mouse; rat

Alo: interjection used in telephonic conversations

Amerika: United States of America

An: and

Anga: anger; to annoy

Anglo: short for Anglophone; insulting term used by Francophone Cameroonians when referring to any one from the English speaking regions of Cameroon.

Anglofon: Anglophone

Animol: animal

A no bi tok! Didn't I warn you?

Ansa: answer; reply

Anti: aunt

Antilope: antelope

Anusi: onion

Apas: except

Arawan: another man, another one

Arata: mouse; rat

Arata-dai: rat poison

Arki: alcoholic drink

As: ask

A swe! I swear!

Ashawo: prostitute

Ashia: expression of greeting addressed to someone who is in distress

Ashis: ashes

Ashuka! It serves you right!

Asidan: accident

A tel yu! Expression which signifies; what we dreaded as now transpired

Atol: at all; never

Atol-atol: not at all

Ausai: outside

Avion: aeroplane; aircraft

Awa: hour; our

Awuf: free of charge

B

Ba: by

Babun: Baboon

Bad: bad
Ba-hat: hard feelings; spitefulness
Bai: buy; by
Bai bai: farewell; good bye; bye bye
Bain: bend
Baje: out of control
Bak: bag; give back
Bakala: female hair style
Baksai: buttocks; backyard
Balans: change; to give chance
Barlok: misfortune
Bambu: bamboo
Bambu che: chair made out of bamboo
Bamenda: foolish person; political headquarters of the Northwest Region
Bami: abbreviation for Bamileke
Banda: store; attic
Bandul: frontier; boundary
Banga: marijuana; hemp
Bangala: penis; male genitals
Banja: waist; ribs
Baptis: Baptism
Basiket: basket
Basiku: Bike; bicycle
Bat: bad; bat
Bad fashon: misconduct; inappropriate behavior
Bayam sellam: retailer of food crops
Bebi: baby; sweetheart
Bedrum: bedroom
Bek: beg
Bekoz: because
Bele: stomach; pregnancy

Bele woman: pregnant woman

Ben: twist; bend

Ben-sikin: type of music and dance style; motocycle used for transportation of passengers

Bendskinneur: Bendskin driver

Ben-sikin man: driver of ben-sikin

Bere: short for bere kaki; police officer

Beri: bury

Beri-grong: cemetery; graveyard

Bet: bird

Beta: better; improve

Bi: to be; bee

Bia: beer

Biabia: hair; beard

Bi di: marker of past progressive tense

Bi dong: marker of past perfect tense

Bie: beer

Bif: beef; meat

Bifaka: dried herring

Bifo: before; in front of

Bifo bifo: a long time ago

Bigin: start; bigin

Bik: large; big

Bik ai: greedy

Bik bik: very big

Bik broda: elder brother

Bik de: pubic holiday

Bik mami: grandmother

Big man: high-ranking official; big shot

Big man for wok place: boss

Bik mop: aggression; talkativeness

Bik-papa; grandfather

Bik-sista: elder sister

Bikos: because

Bil: build

Bin: marker of past perfect tense

Bins: beans; clitoris, vagina

Bip: meat; beef

Bisham: care

Bisnes: business

Bit: beat; hit

Bita: bitter

Bita-kola: type kola nut

Bitwin:between

Blain: blind

Blak: black

Blak-bush: forest; area with thick, tall trees

Blak man: African; Negro

Blakus: penis

Bled: razor blade

Blem: blame

Blo: blow

Blu: blue

Bluk: break, broken

Bo: friend

Bobi: Breast

Bobi-tenap: brasserie

Bobolo: ground cassava wrapped in leaves

Bodi: body

Boi: Boy; servant

Bok: prostitute

Boket: bucket

Boku: plentiful

Boks: box

Bol: ball

Bole: die; end

Boloh cap: traditional cap

Boma: rich person believed to swallow young girls after making love with them

Bombo: namesake; pal

Bon: give birth; have a baby; bone; burn; roast

Bonbon: candy

Bondu: bundle

Bondru: boundry; frontier

Bonga: smoked fish; skinny person

Bo'o: my friend

Bot: but

Bota: butter

Bottom: bottom

Botul: bottle

Botul dans: bottle danse

Brai prais: bride-price

Brangi: blanket

Branché: stylish; sexy

Branshe: stylish; sexy

Bred: bread

Bret: bread

Bres: breast

Brich: bridge

Brik: brick

Brin: bring

Bringam: bring it

Bris: breeze

Brit: breathe

Bro: brother

Broda: brother

Brok: break
Boubou: loose outfit worn by men
Bubu: loose outfit worn by men
Buga: dried herring
Buk: book
Bumbu: vagina
Bundu: camwood
Bus: burst
Bush: uncivilized; uncouth
Bush-bif: game meat
Bush-fola: busfaller
Bush-fola kago: goods from Europe or USA
Bush-man: uncivilized man
Bush-mit: game; bush meat
Butok: buttock

C

Caca: cocoa; shit
Café: bribe
Caori: cowry; sea shells
Carrefour: crossrods; junction
Cat: card
Chainis: Chinese
Chakara: mess; disorder; to scatter
Chans: opportunity; luck
Chap: girl
Chapia: clear bush; cut
Chef: term of address for any uniformed officer
Chei! Interjection expressing surprise
Chek: check
Che-man: party leader

Chekere: sifter
Chench: change
Chen-so: chain saw
Ches: run after; follow
Chia: chair
Chich:to teach
Chicha: teacher
Chiken palo: unlicensed business house
Chin-chin: small fried cakes
Chif: chief; traditional ruler
Choch: church
Chochoro: youngster; person of little value
Choko: bribe; tip
Chop: food; eat; spend.
Chop-chia: heir
Chop-dai: reckless person
Chop-haus: makeshift restaurant
Chop-moni: money for food
Chos: church
Choch: church
Chop bins: have sexual relations
Chosch: church
Chuk: prick: pierce
Chuk-am pass: casual sex partner
Chuk-het: loader
Chuku-chuku: thorns
Chus: forgive; excuse; choose; choice
Chus mi! : forgive me!
Cloz: clothes

D

Damas: damage
Dai: die; death
Dai-bodi: corpse
Dai-bodi haus: mortuary
Die haus: wake-keeping
Dai-man: dead person; moribund
Damba: football; game
Dame: to eat; food
Dandite: identity card
Dans: dance
Dans l'après-midi: in the afternoon
Darekto: director; manger; boss
Daret: direct
Dash: present; free of charge
Daso: simply; just; expect that;
Dat: that; those
Daun: down
Dauri: dowry; bride-price
De: day; there; to exist
Dem: them; they
Dem-sef: themselves
Den: then; and then
Dentiti: identity card
Devul: devil
Dey: day, to be
Di: that; the
Dia: expensive
Dia: their
Dia on: their own; theirs
Diba: water
Difren: different

Difren difren: various types

Digass: axe

Digri: degree; BA; BS

Dil: deal with someone

Dina: dinner

Dina Bell: popular makossa musician in Cameroon

Dinai: refuse; reject

Djim: big

Dis: this; these

Disait: decide

Dis donc: I say

Disgres: disgrace

Distop: disturb

Divait; divide; separate

DO: divisional officer

Do: money

Dobul: double

Dok: dog

Doki: forged official documents (e.g. passport, birth certificate, etc)

Doki-man: swindler

Dokta: doctor; herbalist; drug dealer

Domot: doorstep; threshold

Don: down; cooked

Dong: has; have

Dos: dust

Dosie: file

Dota: daughter

Doti: filty, dirty

Drai: dry

Drai-ai: courageos person

Drai-drai: very thin.

Drai fish: smoked fish
Drai-sison: dry season
Drak: drag
Draiv or draif: drive; send away
Draiva: driver
Dres: dress
Drim: dream
Dro: to draw
Drom: drum
Dronk: drunk
Dros: pant; string
Du: to do
Du me a du yu! Tit for tat

E
Egen: again
Ego: ago
Egusi: seeds of melon-like plant
E-hen? Interjection expressing surprise
Ei! Interjection of surprise
Ek: egg
Ekie! Interjection of surprise
Ekip: football team
Ekwan: grated cocoyam wrapped in cocoyam leaves
Ekzam: examination
Elefan: elephant
Elevin: eleven
Elobi: swamp
Emti: empty
En: End
Engel: angel

Enh! queshon tag

Enemi: enemy

Enfans:enfance

Eni: any; each; every

Enimi: enemy

Enjoi: enjoy

Enos: anus

Enta: enter

Erreur: error; blooper; mistake

Espèce de bandit!: You thief!

Espèce de con!: You idiot!

Eroplen: aeroplane

Eru: sliced bush green

Esingan: species of hard wood

Et: eight

Eti: eighty

Etin: eighteen

Eva: ever

Evin: even

Evinin: evening

Evri: every

Ezi: easy

F

Facking: fucking

Fada: father; priest

Fada Krismos: Father Christmas

Faiba: fiber

Faif: five; five hundred CFA francs

Fail: file

Fam: farm

Fama: farmer
Fambro: family
Famla: occult society
Faol: fowl; chicken
Farawut: firewood
Fashon: fashion
Fat: fat
Fat-fat: very fat; huge
Faul: fowl
Fawe: distant, far away
Fawo: foul; fowl
Faya: fire
Fayawood: firewood
Fayawud: firewood
Fayawut: firewood
Fe: to deceive; hoodwink; trick; swindle
Feda: feather
Fe-man: conman; swindler; crook
Fens: fence
Fes: first
Fes: face
Fes-kap: cap; face-cap
Feyman: conman; swindler; crook
Feymania: swindling
Fi: fit; can
Fia: dread; fear; fright
Fiba: fiber; resemble
Fiks: arrange; trouble shoot;repair
Fimba: resemble
Finga: finger
Finis: finish
Fis: fees

Fi: fit

Flai: fly

Flawa: flour

Flop: full of; filled with

Fo: for, four

Fobid: forbid

Foget: forget

Fok: fork; have sex with

Fokoner: square

Fol: fall; fall down

Fol-bush: emigrate

Folo: follow

Folo-bak: younger brother; younger sister

Fomla: occult society

Fon: traditional ruler

Fondom: land under the jurisdiction of a fon

Foni: funny

For: for

Foseka: because; because of

Foseka se: because; the reason why

Foseka weti: for what reason; why?

Fos: force

Foseka: because; because of

Fosika: because; because of

Foti: forty

Foto: photo

Fourrière: impounding of a car

Franc: CFA curreny

Fren: friend

Fresh kon: fresh corn

Fretambo: antelope

Fri: free

Frok: pejorative term for Francophone Cameroonian; abuse term used by English-speaking Cameroonians.It's generally uttered as a reaction to the use of the word 'anglo'

Fron: front

Frutambo: antelope

Fuful: corn meal

Ful: full of; filled with; fool

Fulop: full of; filled with

Fut: foot

Futbol: football; soccer

G

Galon: any container

Ganako: cow herder

Gari: flour obtained from grating cassava tubers and then frying the resulting paste

Gari-boi: irresponsible adolescent

Gata: prison

Gel: girl

Gato: cake

Gee: give

Gee café: give a bribe

Gem: game

Gendarme: police in French-speaking countries

Gengeru: albino

Get fo: have to

Gi: give

Gie: gie

Gif: give

Gita: guitar

Glas: glass

Glat: glad; joyful

Gol: gold; goal

Gomna: government

Gon gon: tin can

Got: God

Govmen kago: breast wears; brassieres

Graf-fo-de!: get lost; piss off!

Grafi: indigene of the grassfields of Cameroon

Gran: grand (term of address to someone that deserves repect)

Grain: grind

Grama: educated English

Grap: arise; get up

Gras: grass

Graun: ground; earth

Gret gran papa: great grand father

Gron: ground; earth

Grong: ground; earth

Graunnot: groundnut

Grigri: magic; charm

Grin: green

Gro: grow; cultivate

Grong kaku: material resources

Gulok: goodluck

Gundu: unpaid work or service

Gut: good

Gut prais: discounted price

H

Ha: how; why

Haa!: interjection expressing anger

Haf: half
Haf-haf: shared equally; half and half
Hai-laif: high life
Ham: harm
Hama: hammer
Hama-hama: gigantic; enormous; very big
Hambok: humbug; heckle; annoy
Hameni: how many
Hamos: how much
Han: hand
Han-bak: handbag
Hankof: handcuff
Han was: wrist watch
Hapaah! Expression denoting surprise of bewilderment
Hapen: happen
Hapin: happen
Has: house
Hat: hard; heart; that
Hau: how; why
Haus: house
Haves: harvest
Hawa: hour
Hed: head
Hel: hell
Helep: help; assistance; to help
Het: head
Het haus: roof
Het-kwata: headquater; quarter head
Het-massa: headmaster
Het-tai: scarf
Heven: heaven
Hevi: heavy

Hia: here

Hie: here

Hiish! Expression conveying a feeling of disgust or repugnance

Hip: heap; pile

Ho: hoe

Hol: hole; whole

Holide: holiday

Hon: horn

Hondret: hundred

Honi: honey

Hongri: hunger; to be hungry

Honta: to hunt

Honta-man: hunter

Hori: hurry; hasten

Hori-hori; make haste

Hos: house

Hospito: hospital

Hospital: hospital

Hot: heat; hurt

Hu: who

Husai: where

Huk: hook

I

If: whether

Igwe: chief

Impôt: tax

Injin: engine

Injinie: engineer

Injuri: injury; wound

Insai: inside
Intestain: intestine
Intaviu: interview
Invait: invite
Is: East
Ista: Easter
It: eat
Ivinin: evening
Ivinin taim: evening
Izi: easy; no brainer

J

Jakas: jackass
Jam: deprivation; to lack something; crash; accident
Jamajama: vegetables
Jambo: gambling
Jandam: gendarme
Jandameri: gendarmerie
Jandre: become rich; wealthy
Janga: slim; slender
Japanis: Japanese
Janpanis hanbrek: tight-fisted person; miser
Jeneral: army general
Jeune talent: young man who is streetwise
Jiga: jigger
Jigi-jaga: cuddling and other movements made by people making love
Jinja: ginger
Jisos: Jesus
Jo: jaw
Jobajo: brewed lager beer

Joen: join; combine

Jonam: put together; join

Jokmasi: forced labor

Jolof-rais: rice cooked with ingredients such as tomato, esk oil, fish, etc

Jom: jump

Jom for sisongo: run away; escape

Jom-jom: be unstable; jump around

Jomba: concubine; girlfriend

Jon: join

Jop sait: workplace

Jos: just; judge; judgment

Josnau: now, very soon

Jum: jump

Jumba: concubine; girlfriend

K

Ka: car

Kaba: type of gown worn by pregnant women

Kabila: type of trousers with many pockets

Kabinda: carpenter

Kabinet: cabinet

Kach: catch; arrest

Kago: luggage; bags; merchandize

Kako: luggage; bags; merchandize

Kain: kind; type

Kaina: kind; type

Kain bai kain: all kinds of; varied

Kain kain all kinds of; varied

Kaka: shit

Kaki: khaki

Kalaba: calabash

Kalabash: calabash

Kam: come; arrive

Kam bak: return; come back

Kamerun: Cameroon

Kam gut: Welcome

Kaminion: truck

Kam-no-go: type of disease that causes body to itch and does not respond to medication

Kam we ste: concubinage

Kana: type; kind

Kanas: testicles; male genitals; palm kernel

Kanda: skin; belt

Kant: count

Kanu: canoe

Kanwa: rock salt rich in sodium

Kaori: cowry

Kap: cap

Kapenta: carpenter

Kapet: carpet

Kari: carry

Karot: carrot

Kasa: collective name for people from Northern Cameroon

Kasava: cassava

Kash: cash

Kasingo: whip; cane

Kata: cold; catarrh; cushion for the head

Kata-kata: unreliable, rough

Katakis: Catechist

Katch: catch; arrest

Katika: type of gambling; boss; high-ranking official in government

Katolik: catholic
Katon: carton
Kau: cow
Kawe: outright
Kene-kene: slippery; okra
Kenge: idiot
Kenja: basket
Kep: cap
Keren-keren: slippery; okra
Kesh: catch; arrest
Ki: key
Kichin: kitchen
Kik: to kick
Kil: to kill
Kilam: kill it
Kilometa: kilometer
Kini: kneel
Kip: keep it
Kipam:
Kis: kiss
Klando: private car illegally used as a taxi
Klan: tribe
Klos: close; clothes
Koba koba: peacock; arrogant person
Kof:cough
Kofi: coffee
Koki: food paste wrapped in banana leaves
Koko: cocoyam
Kokobiako: mushroom
Koko lif: leaves of cocoyam
Kolege: kolege
Kolo fab: one thousand five hundred CFA francs

Kol: call; cold

Kolo: color; one thousand francs

Kolo-faif: one thousand five hundred francs

Kombi: friend, colleague

Komon sens: common sense

Komot: come out

Kompaun: compound

Komplen: complain

Kon: corn

Kona: corner; side

Kondre: country

Kondre-man: compatriot

Kontri: country

Kontri fashon: ritual practice, rite of passage

Kontri-man: compatriot

Kontri-metsin: traditional medicine

Kontri Sonde: Country Sunday; last of an eight-day week

Kontri tok: indigenous language

Kongolibon: close–cut hair

Kongo mit: meat from snails

Kongosa: gossip

Koni: cunning

Konto: close-fisted person; stingy person

Kontri-fashon: ual practice: rite of passage

Kontri kap: traditional cap

Kontri klos: traditional outfit

Kontri-pipul: fellow country men

Konto: stingy, miserly

Kop: cup; cover

Kop nye: ignore it

Koret: correct

Korokoro: close friend

Kos: cost
Kosh: insult, swear at
Kostoma: customer
Kotin gras: hedge-hog
Koton: cotton
Kotlas: cutlass
Kot-shot: short cut
Kouloulou: market in Doula-Cameroon
Kova: cover
Krai: to cry; weep
Krai-dai: funeral ceremony
Krai-krai: cry incessantly
Krai pua: complain about poverty
Kren-kren: slippery; okra
Kresh: mad; crazy
Krish: mad; crazy; drunk
Krimos: Christmas
Krismos taim: Christmas period
Kristen: Christian
Kristmos kago: Christmas presents, new stuff for Christmas
Kucha: sponge
Kuk: cook
Kul: cold
Kul-heart: sweet heart; console
Kum: comb
Kumbu: big dish
Kuntak: tar
Kunya kunya: very slowly, very gradually
Kupe dekale; fashionable dresses having a particular design
Kwa: bag
Kwacha: alcoholic drink
Kwakanda: womanizer;

Kwarakwara: type of cardboard made out of raffia bamboo
Kwata kwata: completely; entirely, all
Kwata: quarter; residential area
Kwench: die
Kwet: quiet, be silent
Kwifon: secret society in the Northwest region of Cameroon
Kwik: quick; fast
Kwik kwik: very fast
Kwuoh meunong: hadbag for title-holders in the village

L
Laf: laugh; laughter
Lai: lie; to lie; false
Laif: life
Laik: like; about; as much as
Lait: Light
Lam: lamp
Lan: learn
Lani-boi: apprentice
Langa: covetousness; craving for; desire; mouth-watering
Langua: to tell
Langwa: to tell
Lantrine: latrine
Lap: laugh, laboratory
Lapa: loin cloth; wrapper
Las: last; buttocks; vagina; anus
Las-bon: youngest child in a family
Las-koko: dull person
Las prais: sales price
Latrin: latrine
Leh-leh: trifle, trifling, insignificant

Leke: like; about; as much as
Lesin: lesson
Let: late
Lida: leader
Lig: league
Lif: leaf; leave; vacation
Lif me! Expression of protest
Lisen: listen
Liva: liver
Lizat: lizard
Lo: law
Loda: loader
Lofo: fake; not original
Lok: lock
Loki: luck; good fortune
Lok mop: be quiet; surprising
Long: home; house
Long lif: Long live
Lon-trosa: pair of pants
Los; lose: loss
Loya: Lawyer: attorney
Luk: look
Lukot: be careful; beware
Luk-luk; stare at someone or something
Luking glass of reading: spectacles; lenses
Lus: loosen; slacken

M

Ma: woman
Mach: match
Machis: matches

Magabeu: Cameroonian national dance style
Magida: people from Northern Cameroon
Mai: my
Mail: mile
Main: mind
Majanga: crayfish, prawn
Majik: magic
Majunga: low quality red wine
Mak: mark
Makaju: cod fish; fool
Maket: market
Maket-boi: young trader
Malam: moslem
Malambi: bait
Maki: terrorist; freedom fighter
Makosa: National music from Douala
Ma mami eh! Expression of surprise or astonishment
Mami: mother; female trader
Mami-pikin; nursing woman
Mami wata; mermaid
Manaj: manage
Manaja; manager
Manawa: wasp; tough; indomitable
Manda: money order
Mani: mother of twins
Maniaka! What a dreadful thing!
Manianga: oil obtained from palm-nut seeds
Ma on: mine
Mapan: sexual intercourse
Man-pikin: male
Man-pikin skin: penis
Maret: marriage

Masa: mister; master; man; husband

Masa! an expression of surprise

Mash: crush; grind

Mata: mat; matter

Matango: palm wine

Mataniti: maternity

Matras: mattress

Maut: mouth; abuse

Mbambe: hard labor; laborer

Mbanga: palm oil

Mbanja; male genitals

Mbania: co-wife

Mbenge: abroad; any European country

Mbindi; very thin; small

Mbindi mbindi: very small or thin

Mboma: boa constrictor; big, huge

Mbonga: smoked fish; dried herring

Mbongo chobi: national meal of Bassa people in Cameroon

Mbumbu: vagina

Mbut: fool; simpleton

Mbutuku: fool; simpleton

Megan: sorcery

Megan- man: sorcerer

Mek: do; make

Memba: think; remember

Meng: kill

Meni: many; plenty

Merisin: medicine

Merisin man: herbalist

Mezon: brand new

Midro: middle

Milik: milk

Mimba: think; remember
Mimbo: alcoholic drinks
Mimbo-man: drunkard; bar tender
Min: mean
Mini-mini: very short
Minin: meaning
Minista: minister
Minit: minute
Miondo: ground cassava wrapped in plantain leaves
Mis: miss
Mishon: mission
Mista Jacob: penis
Mistek: mistake
Mitop: meet up with
Mochuari: mortuary
Moda: Mother
Mof! Piss off!
Mof-mi de! Piss off!
Mokanjo: cod fish; fool; idiot
Mola: man
Molan molan: very sexy
Mon: month
Mondial: extraordinary
Moni: money
Moni ai: someone who is stingy with money
Moni moni: much money
Monin:morning
Monin taim: morning
Monki cot: makeshift coat
Mos: must
Mosh: much
Moskito: mosquito

Mot: mud
Mota: mortar
Moto: car
Moto-boi: assistant to bus or lorry driver
Moto-pak: bus station
Moyo: member of the in-law family
Mua: add; raise
Mukala: white man
Mulongo: whip
Mun: month
Mungwin: edible grasshopper
Muf: move; remove
Mumu: fool; simpleton
Mun: moon

N
Na: to be; and
Na helele oh! Interjection expressing fear
Naif: knife
Nainti: ninety
Nait: night
Nak: knock; hit; tell
Nak tori: tell stories
Nasara: white; European
Nau: now
Na-na: immediately; at once
Nau-nau: immediately; at once
Na wa oh!: Na helele oh! Interjection expression fear
Nayo: slowly
Nayo nayo: very slowly; carefully
Nchinda: royal page

Ndamba: football; soccer
Ndeumbeuh: traditional horn used in drinking palm-wine
Ndikong: traditional outfit in the grasslands of Cameroon
Ndinga: guitar
Ndinga man: musician
Ndo: money
Ndok: beg
Ndolo: love; pamper
Ndombolo: type of music from DRC
Ndomo: fight, strike or hit someone
Ndos: street-wise person
Ndutu: bad luck; misfortune
Nek: collar; neck
Neks: next
Nem: name
Netif: native
Neva: never
Nga: young woman; girl
Ngambe: sorcery; fortune-telling
Ngambe-man: sorcerer; fortune-teller
Ngata: prison, incarceration
Ngoma: fifty francs
Ngondele: young girl
Ngondere: young girl
Ngri: hunger; starvation
Ngum: power; stamina; resilience
Ngumba: secret society in the Northwest Region of Cameroon
Ngwashi: loin cloth worn between the legs
Nia: near
Niaga: ostentation
Niagareshon: ostentation; excessive bragging

Niango: pretty girl
Niama: eat
Niamagoro: snail
Niama-niama: worthless; of little value
Nian-nian: brand new
Nid: need
Ninga: slave
Nini: cent
Niongo: occult society; sect
Nit: need
Niu: new
Niu niu: brand new
Nius: news
Njanga: cray fish
Njangi: national loan system
Njo: free of charge
Nkakwe: alright, fine, good
Nkane: whore
Nkang: corn gruel
Nkap: money
Nkeng: peace plant
No: no; know
Noba: never; not yet
No los tam: don't waste time
Nomba: number
Non: no
Nos: nurse; nose
No smol: not at all
Not: knot
Notin: nothing
Ntang: hut
Nyango: woman; wife

Nye: see, look; observe
Nyongo: secret society
Nyoxer: have sexual relation with, screw; fuck

O

Oda: order; other
Odontol: locally distilled liquor
Officier: officer
Ofis: office
Ofisa: police officer
Oga: boss
Okrika: second clothes
Ol: every body; old
Onda: under
Onkul: uncle
Onli: only
Ontop: on top of
Op: up
Open: open
Opep: taxi run illegally
Opsai; upside
Opsai-daun: upside down
Outsai: outside
Ovatek: overtake
Oya; oil
Oyibo: white, European; Caucasian

P

Pa: father

Pales: palace

Pa yakop: penis; mal genital organ

Palapala: wrestling

Palaba: trouble; dispute; speech

Palava: trouble; dispute; speech

Pan: pantalon

Panapu: parable

Panapul: pineapple

Papa j'ai grandi: pants that seem too short or tight on the body of the wearer

Papa-pikin: father of a newborn

Pas: to pass

Pas mak; too much; exceedingly

Paspot: passport

Pass: pass

Pasto: pastor

Parabul: proverb; parable

Patron: boss

Pawa: power

Pe: to pay

Pen: pain

Pent: paint

Pepa: paper

Pepe: pepper

Pepe-sup: pepper soup

Pesin: person

Pia: pear

Pik: pick

Pikin; child

Pilo: pillow

Pipul; people
Pis: peace; urinate
Plaba: trouble; dispute; speech
Plan: plant
Planti: plantain
Ple: play
Plenty: plenty; very much
Ples: somewhere; place
Plet: plate
Pleya: player
Poblik: public
Poch: purge
Poda: powder
Pofpof: small fried ball made out of flour
Poket: pocket
Polis: police
Polis-steshon: police station
Pon: post
Ponis: punish
Popo: proper; real
Posa: purse
Post-ofis: post office
Prais: price; prize
Praut: proud
Pre: pray
Preya: prayer
Primari: primary
Prisin: prison
Prisina: prisoner
Proposer: pay more than the required fare
Pua: poor
Puo: poor

Pus: push
Pusi: cat
Put: put
Put hand: arrest
Put pepe: put pepper

Q

Queshon: queshon
Quench: kill
Quet: quiet, silence
Quik: quick
Quik quik: quickly
Quincaillerie: warehouse
Quittance: water, telephone or electricity bill

R

Rafia pam: raffia palm
Rais: rice
Rait: right; to be right
Rap: wrap
Rapa: wrapper; loin cloth
Raun: round
Ret: red
Redi: ready
Redio: Radio
Redy: ready
Reme: mother
Remen: remain
Ren: rain
Ren-but: condom

Ren-kot: raincoat
Repe: father
Ripot: report
Risot: result
Res: race; competition
Res: rest; to rest; to relax
Respek: respect; to respect
Ret: read; red
Ret oya: palm-oil
Rish: to reach
Rid: read
Ridam: read it
Rili: really
Rimen: remain
Rin: ring
Rison: reason
Roba gon: catapult
Rok: rock
Ron: run
Rop: rub; anoint
Rod: road
Rotin: rotten
Ruf: roof
Rula: ruler
Rum: room

S
Sa: sir
Sabi: to know, to be able to
Sabi na pawa: knowledge is strength
Sabi-ol: know-all

Sah: sir
Sain: sign
Sait: side; site
Sajen: sergeant
Sakle: circle
Salamanda: high-heeled shoes
Salat: salad
Salaud: bastard; swine
Salun: hairdresser's
Salut: greet; salute
San: sand; sun
Sango: term used to address anyone of the masculine gender
Sanja: loin cloth
San-konfians: slippers
San-peye: without pay; a police van
Sansanboi: rascal; young lad
Santaim: day time
Sapak: whore; prostitute
Saraka: sacrifice
Sarako: school
Sasipot: sauce pan
Satificate: certificate
Satude: Saturday
Savon: soap
Sauveteur: hawker
Sawa-sawa: type of leaf
Se: to say
Sef: himself; herself
Sei: to say
Seka: because of; the reason for doing something
Seketri: secretary
Sekon: second

Second: second
Sekonderi: secondary
Sekonderi sukulu: secondary school
Sekret: secret
Sel: sell
Selam: sell it
Sem: same
Sem witi: same as
Sen: to send
Senta: center
Sentens: sentence
Seventi: seventy
Sey: say
Sevis: waitress; waiter
Shain: shine
Shaot: shout
Shap: sharp; early morning
Shap mot: talkative person
Shap shap: very early
Shek: shake
Sheekena: alright
Shem: shame; to shame someone
Shet: shirt
Shia boloh: traditional cap
Shidaun: sit down
Shidon: sit down
Ship: sheep
Shit: to defecate; excrement
Shit-hol: ass; anus
Sho: sure; show; reveal
Shok: shock
Sholda: shoulder

Shomekam: unemployment

Shorop: shut up

Shot: short

Shoti: stand for someone; vouch for someone

Shot-trosa: pair of shorts

Shu: show; shoe

Shuga: sugar; sweet

Shu-meka: shoe-mender

Shus: shoes

Shut: shoot

Shwain: swine; pig

Shwain bif: pork

Shwet: sweat

Sid: seed

Sikin: skin

Sik: illness; sickness

Siks: six

Sikstin: sixteen

Silip: sleep

Silipas: slippers

Silo poison: slow poison

Simel: smell

Simok: smoke

Simol: small

Simol-no-be-sick: individual who is small in stature but is actually indomitable; balm from China

Sinek: snake

Sinima: movies; scandal; obnoxious scene

Sinof: snuff

Sipol: destroy; spoil

Sirios: serious

Sisas: scissors

Siso: scissors

Sisongo: bush

Sista: sister

Sita: woman who is about the same age as one's elder sister

Sitat: start

Sitierin: steering wheel

Sitik: stick; tree

Sitof: stove

Sitop: stop

Sizos: scissors

Skai: sky

Skata: scatter

Sko: scores of a soccer match

Skul: school

Skulu: school

Slo-poison: slow poison

Slota: slaughter

Slota haus: butcher's;slaughter house

Smel: smell

Smok: smoke

Smol: small

Smol-broda: kid brother; junior brother

Smol-faya: purgatory

Smol-masa: junior brother of ones's husband

Smol-sista: kid sister; junior sister

Smol-smol: very gently; very slowly

Smol taim: soon; see you later

Snis: sneeze

So: sew; in this manner

Sobjek: subject

Soks: socks; condom

Sof: soft

Sofa: hardship; suffering
Sofa don finish: suffering has ended
Sofeli: softly; gently; gradually
Sofli: softly; gently; gradually
Sofri: softly; gently; gradually
Soja: soldier
Soks: socks
Solt: salt
Som: some; a certain;
Som-kain: strange
Somos: summons
Somtaim: pershaps
Somtin: something; tip; bribe
Sonde: Sunday
Son-taim: day time
Sop: soap
Sorenda: surrender
Sori: sorry
Soso: always
Sote: so much that; to such an extent that
Soya: grilled meat
Spana: spanner
Sipe: spare
Spet: spade
Spia: spear
Spit: spit
Sta: star
Stama: stutter
Stat: start
Ste: stay
Steshon: station
Stik: stick; tree

Stokins: socks
Ston: stone
Stret: straight
Suka: sugar; sweet
Sukulu: school
Sukul pikin: pupil; student
Sum: some
Sumbu: chimpanzee; idiot; fool
Sumol: small
Sumtin: something
Sup: soup
Sute: so much that; to such an extent that
Shu yi! Expression of mockery
Shua: sure
Snek: snake
Stupit: stupid
Swain: pig; swine
Sweta: sweater
Swip: to sweep
Swit: sweet; enjoyable
Swit-drink: soda; non-alcoholic drink; soft drinks
Swit maut: flattering talk
Swit-mimbo: soda; non-alcoholic drink; soft drinks
Swit potato: type of potato
Swolo: swallow

T
Tabako: tobacco
Tach: thatch
Tai: tie
Taiga: tiger

Tai-het: head scarf
Taim no de: too much
Tait: narrow
Taksi: taxi
Talon: high-heeled shoes
Tanap: stand up
Tang: hut
Tank: thanks
Tapa: one who taps palm-wine or raffia-wine
Tara: friend; term of address directed at any man
Tati: thirty
Taun: town
Tawel: towel
Taya: be tired; tire
Taun: town
Te: stay
Tebul: table
Tek: take; seize
Tek-moni: selling price; last price
Teksbuk: textbook
Tel: tell
Tela: tailor
Teloris: freedom frighter
Teek: teeth
Teem: team
Tenap: stand up
Tep: tape
Tes: test
Teti: thirty
Tetin: thirteen
Ti: tea
Tia: tear

Tich: teach
Ticha: teacher
Tif: steal
Tif-man: thief
Tif-pipul: thieves
Tiga: tiger
Tik: thick
Til: still
Tim: team
Timba: timber; temper
Tip: steal
Tip-man: thief
Tip-pipul: thieves
Tipot: teapot
Tis: taste
Tish: teach; taste
Tit: teeth
Tiusde: Tuesday
Tobako: tobacco
Tobasi: charm
Tos: touch
Tok: talk
Tok-tok: talkative
Toli: story; gossip
Toli toli: storytelling
Tomato: tomato
Tonda: thunder
Tong: tongue
Ton: town
Tonam; turn it
Tonam tonam; keep turning it
Tonamen: tournament

Ton het: use charm to win someone's love
Ton sikin: turn round
Tontine: thrift and savings society
Ton ton: to wander; be confused
Tori: story; gossip
Tori tori: storytelling
Toroki: tortoise
Tosan: thousand
Tosde: Thursday
Tosh: touch
Tosilam: torch
Trai: to try
Trakto: tractor
Transpot: transport
Transpot moni: fare
Trausa trompet: pair of pants with the shape of a trumpet
Treda: dealer; tradesman
Tren: a train; to train someone
Trenin: training
Trenja: stranger; guest; visitor
Tret: thread
Tri: three: trouble; problem
Tri kona: intersection
Tro: throw
Trobul
Troki: tortoise
Tron: strong; hard
Tron han: closed-fisted person; miser
Tron kanda: stoic person, resilient person
Tron mop: argumentative person, talkative person
Tron-tron: very strong person; powerful person
Tros: trust

Trosa: trousers; pants

Trosi: trousers; pants

Tro njangi: to save money in a traditional loan system

Tro wata: offer drinks to friends to celebrate an accomplishment

Trowe: throw away, spill

Tru: true: truth

Tru-tru: surely; truly

Tu: too; also; two

Tude: today

Tu m'as amené quoi? What di you bring for me?

Tu m'as gardé quoi? What did you keep for me?

Tum: sell

Tumbu: Maggot

Tum-tum: very big

Tumoro: tomorrow

Tu mos: too much

Tunait: tonight

Tut: carry

Tutam: carry it

Twef: twelve

Twenti: twenty

Twis: twist; type of dance

U

Ul: owl; old

Unda wea: pant; singlet; underclothing

Univasity: university

V

Valantin: Valentine's Day
Valantin De: Valentine's Day
Valis: suitcase
Vant: pub
Varam: share it; divide it
Veri: very; same
Very: very
Vilech: village
Villakonkon: villager; uncivilized person
Vite: quickly

W

Waa: war
Wach: watch
Wahala: trouble
Wai: why
Wajaks: person from Northern Cameroon
Waif: wife
Wain: wine
Wait: white
Waitman: white man; European
Wait mimbo: palm-wine; raffia-wine
Waka: walk, work, trip,
Waka-waka: wandering incessantly
Walai! Expression of anger
Wan: be about to; to want, one
Wanda: wonder; wander
Wandas no go en: expression of surprise
Wandaful: wonderful; terrible; amazing; common response to bad news

Wan fut: together
Wan taim: immediately
Was-bele: last child of a woman
Wasde: day watchman
Wash: humiliate someone; tell off; bitterly insult
Wash-man: laundryman
Wasipita: hospital
Wasmata?: what's the problem?
Wasmatter?: what's the problem?
Wasnait: night watch man
Wata: water
Waya: wire
Wayo: cunning; tristerism
We: who, that
Weda: whether
Weh-heh! Expression of pity
Wek: arise; wake up
Wekop: arise; wake up
Welkom: welcome
Wen: when
Wes: waste; waist
Wet: to wait for
Weti: what
Wia: wear
Wi on: our won; ours
Wich: witch
Wich man: witch
Wik: week
Wiket: wicked; cruel
Wikop: arise wake up
Win: to win
Windo: window

Wisel: whistle

Wisnes: witness

Wiski: whisky

Wit: with

Witam: with it

Witi: with

Wizat: witch; wizard

Wo: war

Woch: watch

Wokman: laborer

Wokples: place of work

Wok tin: work kit

Wold: world

Wolowoss: whore; harlot

Womeh! Expression of disbelief

Womoloh! Expression of pain; surprise, danger

Won: to warn someone

Wondaful: wonderful; terrible; amazing; common response to bad news

Wopan-an-dop: skirt and blouse

Wontoh: fon's wife; chief's wife

Wori: worry; disturb, trouble

Wori-wori: hurry up, make haste

Wosh: humiliate; wash; take one's bath

Wosh-man: wash man

Wos: worse

Wot: word

Wowo: bad, ugly, not good, lousy

Woyooh! exclamation of surprise

Wu: who

Wukop: arise wake up

Wuman han; left hand

Wuman lapa: womanizer; sexual pervert
Wuman rapa: womanizer; sexual pervert
Wum palava: feminine matters
Wuman-pikin: woman; young female
Wuna: you (plural)
Wuna on: yours, your own
Wum: womb
Wuman: wife; woman; female
Wuman tok: female speech patterns
Wusai: where?
Wustaim: when, at what time?
Wut: wood

Y
Ya: your
Ya-li: earring
Ya on: yours
Ya-ri: earring
Yat: yard
Yelo: yellow
Yelo fiva: yellow fever
Yemale!: Expression of bewilderment; surprise; excitement
Yesede: yesterday
Yestade: yesterday
Yeye: rascally; playboy
Yi: his; her; it; him; her; it
Yia: year; age
Yie: year; age
Yi on: his own; his; hers
Yisef: himself; herself
Yo: young fashionable man

Yon: yawn
Yoyette: young fashionable man
Yu: you
Yua: your
Yunifom: uniform
Yus: use
Yusles: useless
Yuropian: European
Yut: youth

Z

Zangalewa: soldier; member of the armed forces
Ziro: zero
Zhobazho: locally brewed lager beer
Zhon: to be drunk; to drink
Zin: zinc
Ziro: zero
Zuazua: gas of doubtful origins sold illegally

Printed in the United States
By Bookmasters